SALLY GARDNER

Drawings by DAVID ROBERTS

Tinder

火打箱

サリー・ガードナー

デイヴィッド・ロバーツ＝絵

山田順子＝訳

東京創元社

火打箱

愛する熊の ABS に
サリー・ガードナー
きょうだいに
デイヴィッド・ロバーツ

第1章

皇帝軍の兵士だったとき、おれは死神を見た。死神は白い頭蓋骨に、しなびた緑のサンザシをねじって編んだ冠をいただいていた。ぼろぼろの金色のマントをまとった骸骨が歩むにつれ、その背後に、人生のなかばで生命を失った戦友たちが幽霊となってよみがえり、次々にぼうっと立ちあがる。おれが名前を知っているやつも大勢いた。

それは1642年11月2日、ブライテンフェルトの戦いのさなかのことだった。おれたちの連隊は深い森の奥に追いこまれ、枝が幾重にも交差した木々と、接近してくる銃を持った敵軍とに前後をはさまれていた。森には大砲の弾が撃ちこまれては炸裂し、硝煙がもうもうとたちこめ、どこで戦闘がおこなわれているのか、さっぱりわからない状態だった。遠くで、馬のいななきや、蹄の音や、頭絡や馬具がこすれる音が聞こえる。戦いは夜明けからつづいていた。戦友たちと同じように、おれも全力を尽くして戦ってきたが、勝ち目がないことはわかっていた。おれ自身、死者や瀕死の兵たちの流した血——同胞の血——のなかに倒れていた。血だまりは、秋の紅葉した落ち葉の絨毯よりも赤く広がっていた。

そのとき、死神を見たのだ。

死神は、今日一日に集めた魂の数の多さに、驚きも感銘も受けていないようだった。そして、淡々と、おれにいっしょに来るかと訊いた。

おれは幽霊の軍隊を見て、みんなといっしょに行くほうがいいのではないかと思った。本音をいえば、戦いにはうんざりしていたし、人

間らしい心を失った兵士たちをもう見たくなかった。
「早く決めろ」死神はいった。
「今日は大収穫だったようだな」おれはいった。「おれの魂を収穫すると、なにかが変わるのか？」
　そのとたん、死神も幽霊の軍隊も消えてしまった。あたりには濃い霧がたちこめているばかりだ。その霧のなかから、馬に乗り、抜き身の剣をひっさげた男が突撃してきた。おれはなにも考えずに立ちあがり、身をひるがえして走りだした。筋肉という筋肉が、腱という腱が、張りつめて破裂しそうになるまで、息も絶え絶えになるまで、軍靴（ブーツ）を履いた足がもつれてしまうまで、必死で走りつづけた。そしてついに、地面に倒れこんでしまった。身動きもできずに地面に横たわったまま、天蓋のような金色の葉むらや、さまざまな紅葉の過程にある葉がはらはらと落ちてくるのをみつめていた。馬の蹄の音や、狼の遠吠えや、熊の唸り声が聞こえないかと、耳をすます。
　戦いで死ななかったにせよ、森で死ぬことになるのは確かだと覚悟した。流れる血のにおいが、獣たちを引き寄せるからだ。横腹に弾傷（たまきず）を、肩に刃（やいば）の傷を受けているおれは、じっと横たわったきり、木々のあいだに夜の闇がしのびよってくるのをみつめていた。死神が骨だけの指をさしだしたとき、いっしょに行くというべきだったかもしれない。

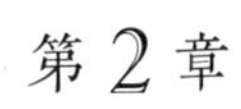

第2章

目覚めると、焚き火が燃えていて、湿った地面に突き立てられた何本もの杭に、ぐるりと囲まれているのがわかった。杭の一本一本には、かつては貴婦人や紳士、農民や兵士のものだったとおぼしい、長靴や短靴が一足ずつ吊りさげられている。ちらちらと揺れる火明かりのなかで、靴だけが踊っている。

きっと、おれは夢を見ているにちがいない。というのも、焚き火のそばには化け物がうずくまっていたからだ。毛におおわれた大きな豚の鼻づらに、野兎のようなひらひらした長い耳、そして頭には雄牛のような角が一本。つぎはぎだらけの胴着の上に金属の胸当てを着けている。

おれは這って逃げようとした。焚き火には大きな深鍋が掛かっていて、その鍋に放りこまれるのだと思ったからだ。

と、化け物がこちらを見た。それでようやく、おれにもそれが化け物ではないことがわかった。毛がついたままの獣(けもの)の皮を、くびまですっぽりとかぶっている男だ。獣の頭部の下には、氷のように白々とした顔がのぞいている。目は炎のように赤い。あごに髭はない。
「誰だ？」おれは訊いた。
半人半獣のごとき男は深鍋からカップに液体をつぎ、おれに飲めといった。
「それはなんだ？」
「眠らせることも目覚めさせることもできるものだ」男はそういった。
「なんだと？　おれを殺すのか？」
男は笑った。「殺す？　おれが助けてやらなければ、横腹にくいこんでいる銃弾のせいで、きさまは死んでしまう。鉛の弾の毒が体にまわらないうちに、取りだす必要がある。肩の傷は――そう、そのせいで大量に出血している。ほら、これを飲め」
「なぜおれを助けてくれるんだ？」
「飲め、オットー・フントビス。飲め」
いわれたとおりに液体を飲むと、まぶたが重くなってきた。なぜおれの名前を知っているのだと訊くまもないうちに、おれは激しい苦痛に呑みこまれ、意識が遠のいた。
おれの意識は肉体から離れ、宙に浮いていた。下方の落ち葉の絨毯(じゅうたん)の上に、若い男が横たわっている。その男の腹の中に、半人半獣が手を突っこんでいる。だのに、驚いたことに、おれはなんにも感じない。肉体から遊離したおれは、気持がやすらいでいる。これほどやすらいだ気分になったことは、かつてなかった。

神々しい光があふれている。光は渦を巻いてトンネルをこしらえている。その光のトンネルの入り口に、おれの家族がいる。どの顔からも数々の苦難がきれいにぬぐわれている。姉が赤いスカートをひるがえして、おれに向かって走ってくる。兵士たちにいたぶられた傷はひとつもない。にこにこ笑っている兄も同じだ。リンゴの木に吊るされたというのに、そのくびには、なんの痕もない。おれは我が家に帰ったのだ。母の広げた腕のなかにとびこもうとしたおれは、足がよろけた。熔けた鉛のように体が重く、おれはふたたび、地面に倒れた。

爆発するような苦痛とともに、おれはこの世に引きもどされた。

次に目を開けたときには、もう日が天に高く昇っていた。川を飲みほせそうなほど喉が渇いていた。

半獣の男は、おれが最後に見たときと同じ場所にすわっていた。そして、おれに、甘い匂いのする温かい液体が入ったマグをよこした。

「水が飲みたい」おれはいった。

「だめだ。それを飲め」

「また眠らせるのか？」

「前のときとはちがう。きさまは生命をとりとめた。腹の傷には薬草を詰めこんで、包帯を巻いてある。肩の傷は縫った——傷跡は残るが、それだけのことだ」

甘くて温かい液体のおかげで、めまいがやんだ。靴を吊るしてある何本もの杭は、前に見たときと同じく、ぐるりを囲んでいる。しかし今度は、男の前になにかしるしのついた石がいくつもあった。

「きさまは農民だな」男はいった。

「そうだ」
「農場は焼かれてしまった」
「そうだ」
「家族がいたな」
「あんたになんの関係がある？」おれは訊き返した。
「なにも関係はない。だが、きさまはむりやり軍隊に入れられ、戦場に送られたのだな。きさまには姉と兄がいた」
「あんたは誰だ？」
　男は答えず、じっとおれをみつめている。
　おれはなぜかそうしなければならないような気になって、おれの家族の身に起こったことを語りはじめた。誰にもいったことのない話を打ち明けたのだ。
「あんたのいうとおりだ。おれの名前はオットー・フントビス。戦いのさなかに生まれ、戦いのなかで育った。そして、戦いで家族を失った。おれが14歳のとき、食料ほしさに兵士どもがうちの農場にやってきた。やつらにはことばが通じなかった。やつらは好き放題にほしいものを奪った。おやじはそれを止めようとした。そしてやつらに殺された。おふくろも殺された。兄きは木に吊るされた。姉は兵士どもに捕まり、慰みものにされたあげくに死んだ。村も、うちの農場も焼かれてしまった」
「その日、きさまは家にいなかった。そうだな、オットー？」
　どうしてこの男はそれを知っているのだろう？
「そうだ。もし家にいたら、おれはとっくのむかしに死んでたよ。あの日、おれはおやじのいいつけで、馬を連れてくるように使いに出されてたんだ……」
　おれはそれ以上なにもいえなくなった。それ以上のことは誰にもいいたくなかった。だが、夢のなかで家族に会えた。それも、幸せそうな家族に。
「このたくさんの靴はなんだ？」男にまたなにか訊かれるのがいやで、おれのほうから質問した。そうでなくとも、男はおれのことをよく知っているではないか。
「死者の靴だ。戦いと疫病が広がっている村や町や田舎から、おれは死者の靴を集めている」
「どうして？」
「魂がこもっているからだ」
「おれはどれぐらい眠ってた？」
「傷が癒えるまで」
「数時間、それとも数日？」
「数日」
男は石をみつめている。目が輝いている。
「石はなにを語ってくれてる？」
「きさまが旅に出ると」

おれは戦場にもどる気はなかったから、旅に出るといわれても意外な気はしなかった。
「わかってるさ」おれはうなずいた。
「石は、きさまが父とも慕っていた大尉に仕えていた、といっている。その大尉がきさまに読み書きを教えてくれた、と」
「うん、それはほんとうだ」
「大尉は死んだ。戦場でではなく、博打場で。そして大尉は、給料のかわりに、きさまに五個のサイコロを遺した」
「あんた、大尉を知ってたのか？」おれは大尉のことなどひとこともいっていないのに、この男がそこまでくわしく知っているのなら、大尉を知っていたとしか考えられない。
「いや、知らない。だが、きさまの大尉のような男なら、何人も会ったことがある。そういう男たちのブーツを杭に吊るしてきたからな。さあ、大尉にもらったサイコロを見せてみろ」
おれは肩掛けかばんからサイコロを取りだした。骨で造られたサイコロはしみだらけで、数を表わす丸い点はほとんどかすれてしまっている。おれは五

個のサイコロを男に渡した。
男は手のなかでサイコロをころがした。「大尉はこれをある海賊からもらった。これは誰にも幸運をもたらさない。悪魔のものだ」
男のいうことはすべて正しいと認めざるをえない。大尉自身、サイコロは悪魔のものだといっていた。
「きっとそうなんだろうな。大尉は相手にサイコロが見えないように振って、いかさまをして命を失ったんだから」
男がいきなりサイコロを焚き火に投げこんだのを見て、おれは驚いた。見ているうちに、五個のサイコロは火花を散らし、しゅうしゅうと音をたてて燃えあがった。焚き火の炎のなかから海賊や賭博師たちの呪いの声が聞こえたのは、決して空耳ではない。やがて、骨のサイコロは灰と化した。
「あんた、おれの過去をずいぶんとよく知ってるみたいだな。なら、未来はどうだ？」
「きさまは恋に落ち、自分の王国を手に入れる。遠からずして」
男は石を集めて、仔山羊皮の袋に入れた。そして立ちあがると、焚き火を踏み消した。おれの質問のせいで、男が腰をあげる気になったのは、おれにもわかった。おれはこの半獣の男といっしょに旅をしたいという、子どもっぽい衝動に駆られた。
おれのその思いを読みとったかのように、男はいった。「おれはひとりで旅をする」
靴がぶらさがっている重い杭を、男は片っ端から地面から引き抜いた。そして、細い棒をまとめるようにてぎわよく杭をまとめ、軽々と肩に担いだ。
おれは男の好意に礼を述べ、遠ざかっていく男の背を見送った。お別れだ。
一連の出来事のどれが頭でどれが尻尾なのか、おれにはさっぱりわからなかった。おれにはその方面の知識はまったくないが、男は錬金術かなにかを会得しているのかもしれない。

おれも出発しようかと思ったとき、一足のブーツが目に留まった。焚き火のそばに突っ立っている。ブーツの片方に布の袋が入っていて、袋の中には羊皮紙に包まれた五個のサイコロが入っていた。大尉にもらったサイコロとは似ても似つかぬもので、あの半人半獣の男の顔のように白い象牙(ぞうげ)でできている。各サイコロの四面には、点ではなく、半獣の男の目のように赤い模様がついていた。細部までていねいに彫られた美しい模様——キング、クイーン、ジャック、エース。残りの二面には赤く丸い点で描かれた10と９。

半獣の男が書いたらしく、羊皮紙にはサイコロの使いかたが記してあった。サイコロを振ると、どちらに向かって旅をすればいいかを告げてくれるという。五個のうち四個がジャックを出し、五個目のサイコロの目が東西南北のいずれかを教えてくれるという。おれはブーツに足を入れてみた。ぴったり足に合ったが、驚きはしなかった。そしてサイコロを振った。四個のジャックと一個のクイーン。見たとたん、北に向かうべきだとわかった。

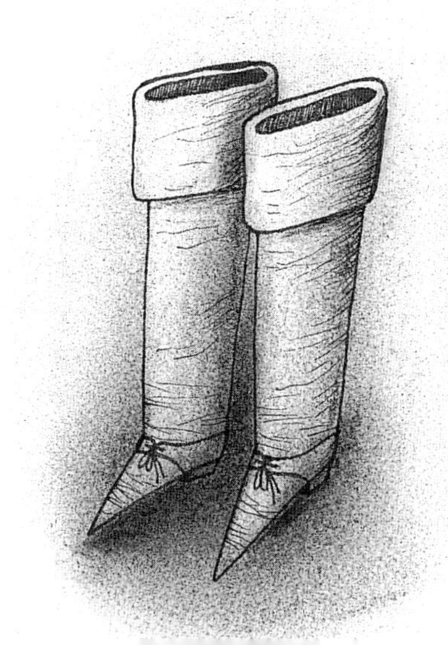

第3章

おれは低地（ローランド）で育った。その見慣れた景色のなかに、森は存在しなかった。堂々とした樹木や、木漏れ陽（こもれび）、木の葉が織りなす色のプリズムという光景は、まったく未知の世界のものだった。日中は、歩いていても感覚がするどく働き、安全だという気がした。恐ろしいのは、日が沈んで、闇に閉ざされてからだ。月に向かって吠える狼どもが姿をみせる時間帯だからだ。火を焚（た）かずに休むなどもってのほかだ。本物にしろ幻覚にしろ、野生の獣を寄せつけないために、なんとしても火がほしい。

日にちがたつうちに、方角も、時間も、わからなくなってきた。おれの足跡だけが時間の経緯を語っている。やがて、おれを待っている死んだ戦友たちの姿が、はっきりと見えるようになった。

そうだ、母親がいつもいってたっけ。オットー、自分をたいせつにするんだよ、って。

家族を奪われ、軍隊からも離れてしまったいま、“自分をたいせつにする”という感覚を研ぎすましていられる自分はどこにいるのだろうか？　湿っぽい闇のなかに存在しているのは、“危険”という感覚だけだ。一歩ごとに、夜の脅威という生きものが、影のようにつきまとってくる。その赤い目がちかちかと揺れるのが見えるほどだ。

寒い夜明けのひとときにのみ、おれの心臓はむやみにはねるのをやめ、危険にさいなまれる感覚も安まる。おれは昼間に眠った。これはつまり、食料を調達する時間がほとんどないということだ。日暮れまでの短い時間にみつけたキノコやベリー類で餓えをしのいだが、キノコもベリーも時季はずれで、腹がいっぱいになることなどなかった。

空腹感から気をそらせるために、いろいろな本の筋を思い出しては自分に語って聞かせた。おれの大尉が裕福な家や貴族の館から盗みだした本。大尉は戦利品といっていた。その大量の本のおかげで、おれはさまざまなことを学んだ。いちばん好きなのは、プロメテウスの話だ。空腹感をねじふせようとばかりに、おれはその話を何度も何度も暗誦した。神々の秘密を知られてしまうかもしれないという危険をかえりみず、天の火を盗んで人間に与えたプロメテウス。しかし、くりかえしこの話を暗誦して、考えれば考えるほど、プロメテウスは胃袋がきゅうきゅう鳴るほどの空腹を経験したことはないような気がしてきた。人間にとって真に必要な火とは、食いものではないだろうか。

ついに餓えが牙をむき、ハムの塊や、チキンを盛ったしろめの皿や、泡をまきちらしながらしゃべくっているビールの大ジョッキが、そこいらじゅうをうろついているのが見えてきた。

もはや食いもの以外のことはなにも考えられない。頭のなかは食いもののことでいっぱいだ。このころには、おれは何週間ぐらい歩きつづけているのか、さっぱりわからなくなっていた。わかっているのは、体の芯まで濡れそぼっていることと、なにか食いたいという飢餓感に

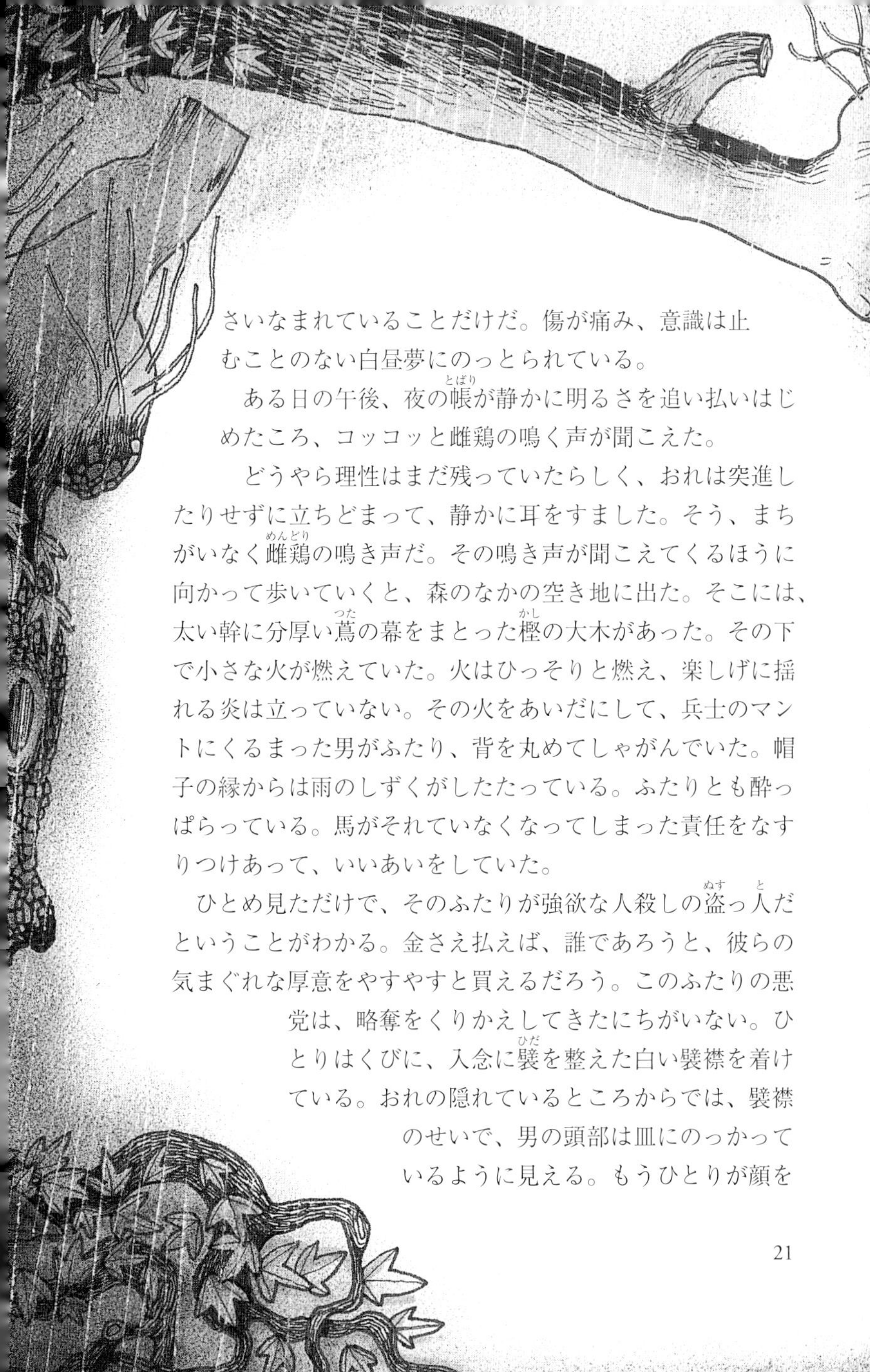

さいなまれていることだけだ。傷が痛み、意識は止むことのない白昼夢にのっとられている。

ある日の午後、夜の帳が静かに明るさを追い払いはじめたころ、コッコッと雌鶏の鳴く声が聞こえた。

どうやら理性はまだ残っていたらしく、おれは突進したりせずに立ちどまって、静かに耳をすました。そう、まちがいなく雌鶏の鳴き声だ。その鳴き声が聞こえてくるほうに向かって歩いていくと、森のなかの空き地に出た。そこには、太い幹に分厚い蔦の幕をまとった樫の大木があった。その下で小さな火が燃えていた。火はひっそりと燃え、楽しげに揺れる炎は立っていない。その火をあいだにして、兵士のマントにくるまった男がふたり、背を丸めてしゃがんでいた。帽子の縁からは雨のしずくがしたたっている。ふたりとも酔っぱらっている。馬がそれていなくなってしまった責任をなすりつけあって、いいあいをしていた。

ひとめ見ただけで、そのふたりが強欲な人殺しの盗っ人だということがわかる。金さえ払えば、誰であろうと、彼らの気まぐれな厚意をやすやすと買えるだろう。このふたりの悪党は、略奪をくりかえしてきたにちがいない。ひとりはくびに、入念に襞を整えた白い襞襟を着けている。おれの隠れているところからでは、襞襟のせいで、男の頭部は皿にのっかっているように見える。もうひとりが顔を

あげるまで、その鼻が金属の造りものだとは気づかなかった。金属の鼻には革紐がついていて、後頭部で結べるように工夫してある。その付け鼻のせいで、ひどく凶暴な人相に見える。

ふたりのそばにある籠には、ワインの瓶、パン、ソーセージが入っている。籠の横には、もう一本、ワインの細口瓶（フラゴン）がある。食いものを見ると、おれの口中（こうちゅう）は唾でいっぱいになったが、餓えに痛いほどせっつかれようと、やみくもに食いものをかっぱらおうとするなんて、決して賢明ではないとわかる。いまのおれの体調では、屈強なふたりの兵士にかなうわけがない。いちばんいいのは、ワインの魔力に逆らえずに、ふたりがぐでんぐでんに酔って寝てしまうまで待つことだ。

やがて、ふたりの兵士は馬のことを忘れ、今度は追いかけている女のことで口論を始めた。

このふたりの兵士のようにでかい手足の怪物に追いかけられて捕まり、殺されてしまった姉の姿が脳裏をよぎった。餓えは、怒りという、消化できない食いものに押しのけられた。

金属鼻は口汚いことばで相手をののしった。「酔っぱらいのすかたんめ、おめえがもちっと速く走れば、あの娘（あま）っ子を捕まえられたのによ」

「その汚ねえ舌を引っこめて、もうちょいちゃんとしたことばを使いな。

肉や酒をめっけたのは、このおれさまじゃなかったか？」襞襟男がいいかえした。
「そんなことはあの公爵夫人にいいな、どうしようもねえ鈍ちん野郎め。ああ、そうさな、あの女なら、さぞ褒めてくれるだろうよ。てめえがあんなに欲ばらなきゃ、あのじゃじゃ馬娘をとっつかまえられたのによ」
　そのあと、口論は殴りあいに変わり、ふたりは焚き火が消えかけているのに気づかなかった。たがいに相手の喉をつかもうと躍起になり、迫りくる夜の闇など忘れてしまったようだ。このすきに籠をいただこうと、走りだそうとした矢先、少し離れたところから、大きなふたつの目がこちらを見ているのに気づいた。消えかけた焚き火の火明かりのせいか、ふたつの目はぎらぎらと黄色く光っている。
　丸い月が木々の上に昇り、空き地を照らしだすと、月の銀色の光に溶けたように、黄色の目は消えた。雌鶏は危険を感じとったようだ。しきりにコッコッと鳴き、羽毛を逆立てている。
「あれはなんだ？」襞襟男がいった。
「なんでもねえさ。キツネだろ」金属鼻が答える。
「狼だよ」襞襟男はいった。「火は消さずに燃してなきゃなんねえって、おれがいっただろ」
「恥知らずの嘘つき野郎め！　悪魔にひっさらわれてしまえ。そんなことはひとことだって、いいやしなかったくせに」
　そしてまた取っ組み合いのけんかが始まった。
　そのときふいに、まるで地面から湧き出でたかのように、樫の大木の下に男が現われた。若くもなく、老いてもいない。帽子はかぶらず、たっぷりした黒い髪がむきだしになっている。うしろに引きずるほど裾の長い、灰色のマントをまとっている。武器はなにも持っていないが、片手にベルトを一本つかんでいる。ふたりの兵士は見知らぬ男を

いたぶるほうが、ずっと気晴らしになると思ったらしく、取っ組み合いをやめて、しかめつらを新来の男に向けた。

「よお、なにか探してるのかい？」金属鼻が訊いた。

「ご主人さまを」黒い髪の男は答えた。

「ほほう、なら、このおれがご主人さまだ」金属鼻はいった。

おれの目から見ると、この男がどこの誰であれ、どことなく、この世の者とは思えないところがあった。恐れるようすもなく、誇り高く背筋をしゃんと伸ばして立っている男は、雨には一滴たりとも濡れていなかった。

このころには、おれはあらゆる不公正に対する激しい怒りに、ほとんど我を忘れかけていて、食いものの入った籠を奪うためなら、悪魔をも殺してやる気になっていた。ブーツの内側に隠しておいたナイフを引き抜き、結果がどうなろうとかまうものかとばかりに、月に照らされた空き地にとびこんだ。

「なんでえ？」襞襟男が含み笑いをもらした。「おめえもご主人さまを探してる卑しい僕（しもべ）ってやつか？　なら、もうみつかったぜ」

「そんな軽口に乗ると思うか、けがらわしい酔っぱらいどもめ！」おれはどなりつけた。

金属鼻は鞘（さや）から剣を抜いてかまえた。「この剣にはな、魔女のまじないがかかっていて、肌に刃がちょっとでも触れたら、てめえは死んじまうんだぞ」

「こけおどしだな。薄っぺらい脅しだ」おれはいいかえした。

一方、襞襟男が嘲（あざけ）るように武器をかざしてみせても、黒い髪の男は樫の木の下にじっと立っている。おれはしらふだし、鬱憤（うっぷん）が溜まっていた。そのため、その男を見かけだおしの豚野郎か、いくじなしの臆病者だと見くだした。

金属鼻が剣を突きだしてきたので、おれはすばやくよけた。

襞襟男は男に襲いかかるべきか、あるいはおれに武器を向けるべきか、迷っていた。

「かかってこいよ」おれはいった。「おれが相手だ。でなきゃ悪魔が相手になるぞ」

目の隅に、手に持っていたベルトを静かに腰に巻いている男の姿が入りこんできた。

戦いのさなかにはよくあることだが、急に時間がゆるく流れだし、これが最初で最後だとでもいうように、一瞬一瞬が鮮明に意識に焼きついた。秋の冷たい空気のなかで、男の息が熱く感じられる。目に映るすべてのものが、自然の理（ことわり）に反しているように思える。この幻影は、おれが呼びだしたものだろうか？
　ずんずんと黒い髪の男の肩幅が広くなり、背が高くなり、くびまわりが太くなってきた。目はぎらぎら光る球となり、歯はナイフのようにするどく尖り、体は石炭のように黒い毛でおおわれていく。そしてついに、男は巨大な狼に変身した。
　巨大な狼はふたりの兵士に跳びかかった。ふたりは悲鳴をあげ、命からがら逃げ出した。おれは手も足も動かさなかった。燃えあがっていた暴力志向はすっと沈静した。おだやかな気持になっている。傷の痛みもない。狼の出現によって、思考が麻痺している。
　巨大な狼が近づいてくる。ふたつの目をひたとおれに据え、狼は長いあいだおれをみつめた。その間（かん）、おれは必死で耐えて、狼の燃える目から目をそらさなかった。
「これがおれの最期なら、それまでのことだ」おれは声にだしていった。
　と、狼はすっと体の向きを変え、ふたりの兵士が逃げた方向に去っていった。
　おれは雌鶏を捕まえ、食いものの入った籠と金属鼻が落としていったマントを拾いあげて、その場を逃げ出した。遠くで、ふたりの兵士の身も凍るような絶叫があがったかと思うと、森はふたたび不気味な静寂につつまれた。
　18回の夏を過ごしたなかで、おれは多くの恐ろしいものを見てきた。農地が戦場に変わった地獄。街なかで炎に焼かれる骸骨。農場で殺された家族。貪欲な略奪。踏みにじられて荒廃するだけの土地。自然は、そうした大地を清めてくれるだけの大量の雨を降らせてくれるだろうか。疑問だ。
　氷のように冷たい風が鳴っている。子どもの泣き声のような風の音を聞くと、おれはいつも怯えてしまう。狼の話を思い出すからだ――

銃弾で倒せる狼と、銃弾では倒せない人狼。人狼は、人間の姿をしているときに、首を吊られた人間の皮膚でこしらえたベルトを締めると、狼に変身するという。
“おしゃべりなばあさんたちの昔話さね”母親なら、悪夢を見て怯えるおれをなだめようと、そういうだろう。
　ふたたび餓えた狼の咆哮（ほうこう）が聞こえてきて、おれは震えた。

　くたくたに疲れきってはいたが、おれは大きな木のなかばほどまで登り、太い枝に腰かけて、マントをしっかり体に巻きつけた。雌鶏はマントの内側に安全に隠れている。籠に入っていたパンとソーセージを頬ばり、ワインで流しこむ。おかげですこしばかり元気がでたものの、木に登っていようといまいと、狼の餌食（えじき）になるのは時間の問題だろう。このままでは、危険な夜を生きのびる見こみがないことぐらい、よくわかっている。どこか安全な隠れ場所をみつけなければ——家畜小屋でも、傾きかけたあばら家でも、農家でも、村の家でもいい。屋根があって、悪魔どもを寄せつけないように火を焚けるところなら、どこでもいい。
　雲に隠れていた丸い月がまた顔を出しても、なんの慰めにもならなかった。神秘的な月の光があまねく大地を照らしだすと、森は冷たい霧に閉ざされた。見あげれば、夜空に星がきらめいている。この世のものではない猟犬たちが咆哮をあげながら、オリオン座の三つ星の向こうの幻の獲物を追いかけている。魔力を帯びた月の光は、木々を、めった切りにされた死体を糧（かて）に育っているかのように見せている。死体のうつろな眼窩（がんか）から、ねじれた、怨（うら）みがましい視線がおれに向けられている。葉の落ちた裸の枝が、夜の黒い帳をひっかいている。おれはまた、このままずるずると、死の王国に入りこんでしまうのだろうと思った。

フクロウが、キツネが、コウモリが、鳴いている。だが、なかでも、とある生きものの咆哮は、たったひと声で森ぜんたいをしんと鎮めてしまう力をもっていた。
やっとのことで、浅い眠りについたおれは、兄といっしょにいる夢を見た。

おれは兄とうちの農場に帰るところだ。兄がいっしょならなにも怖くないと、おれにはわかっている。おれたちはいつもいっしょで、この先もそれは変わらないと思っていた。
行く手にリンゴの木。その木の下に兵士が三人。棒で枝を揺らしている。リンゴの実が雨のように落ちてくる。

母親が呼びかけてきた。「オットー、自分をたいせつにするんだよ」

おれは母親に目を向ける。母親の髪は炎につつまれ、顔は黒こげだ。おれは兄のハインツのもとに駆けもどろうとしたが、兄はいない。そして、リンゴの木からぶらさがっている兄をみつけた。脚がひくひくと動き、白目をむいている。おれは声をかぎりに助けを呼びながら、兄を下ろそうとした。笑っていた三人の兵士たちは、歯をむきだして唸る三匹の犬に変身した。一匹の目玉は皿ほどもある。もう一匹の目玉は車輪ほどの大きさ。最後の一匹の目玉は石臼(いしうす)ほどもでかい。

目が覚めると、まだ夜だった。寒さがきびしくなっている。
月に住む男が、おれを見おろしていた。

第4章

　枝がぴしりと鳴る音が聞こえた。闇に閉ざされた森を、銀色のブナの木々の幹に見え隠れしながら、若い男が歩いてくるのが見えた。早足で歩く若者は、長剣を帯びている。目の錯覚かどうか確かめようと、おれは身をのりだした。ふところでくつろいでいる雌鶏(めんどり)をマントの外に追い出す。雌鶏は悲鳴のような鳴き声をあげて、翼をぱたぱた羽ばたかせて地面に落ちた。その瞬間、月が雲に隠れた。ふたたび月が顔を出したとき、若者は雌鶏を抱えて木の下に立っていた。
「これはそなたのか？」若者は訊いた。
「返してくれ。でなきゃ、おまえを殺す」おれは木を降りはじめた。「その雌鶏はおれのだ」
「乱暴なやつだな、わたしは剣を持っているんだぞ。しかも、その使いかたも知っている。それに、わたしは雌鶏なんぞほしくない」
　おれは降りるのを途中でやめた。雌鶏を小脇に抱えた若者が、剣の切っ先をおれに向けていたからだ。
　おれは若者に跳びかかって喉をかっ切ってやろうと思っていたが、思いとどまった。若者がこういっ

たからだ。
「それにしても、そなたは雌鶏といっしょに木に登って、いったいなにをしているんだ？」
「狼や熊に襲われないように、高いところにいるんだ」おれは答えた。
「そうか」若者は剣を鞘におさめた。「わたしは空腹で疲れているし、道に迷ってしまった。そなたと戦う気はない」
「おれは年齢の十倍も戦ってきたから、戦いはもうたくさんだ。ここまで登ってこられるなら、パンとワインがある。けど、おれをだますつもりなら、今夜がおまえの最後の夜になる」
　若者は雌鶏をしっかりと小脇に抱えたまま、いとも軽々と木を登ってきた。曲がった太い木の枝は長く、ふたりが並んで腰かけるだけの余裕があった。若者は帽子を目深にかぶっていて、よく顔が見えなかった。しかし、おれの隣にすわって、こちらを向いた顔を見たとき、おれはその美しさに驚いた。こんなに美しい顔は見たことがない——琥珀色の目、紅い薔薇の花びらのくちびる。満月のように青白い肌。女のような美しい顔に、声変わりしたとは思えないようなやさしい声。自然からどうしてこんな贈り物を与えられたのか、不思議だ。しかし若者は、並みの男も負けるほどワインをがぶがぶ飲み、ソーセージをむさぼり食った。そしてなぜ雌鶏を連れ歩いているのかと訊いた。
「戦利品だ」おれはいった。
　若者はやわらかく笑った。「たいていの兵士はリネンとか、家具とか、若い女の貞操を奪うものだ。だのに、そなたは雌鶏を？」
「マントと食いものの入った籠も奪った」
　帽子の下の顔がほころんだ。「それは豪儀だな」
「おまえ、名前はなんていうんだ？」おれは訊いた。
　若者は黙りこんだ。そしてその質問を無視して、おれに訊いた。
「そなたが離脱したのはどの隊だ？」

「おれはブライテンフェルトの戦いで負傷し、いまはおまえと同じ境遇なのさ。おれも道に迷った」
「兵士か？」
「14歳のときから兵士だ。戦いはたっぷり見てきた。いやになるほど。もう、平穏な暮らしをしたいよ」
　若者はきまじめな顔でうなずいた。
　雪が降ってきた。青い月の光のもと、ダイヤモンドのようにきらきらときらめく雪が、闇に隠れている未知の秘密をすべて、やさしくつつんでいく。森は魔法の領域と化した。
　若者は手をのばして雪を受けた。熊手も鍬も握ったことのない、細くて白い手だ。
「ふたりの兵士を見なかったか？」若者は訊いた。
「金属鼻をつけたやつと、皿みたいな襞襟をつけたやつか？」
「そうだ」
「そいつらから籠とマントと雌鶏を奪ったんだ」
「ふたりがいまどこにいるか、知っているか？」
「ふたりとも死んだと思う」おれはあの身も凍るような絶叫を思い出した。
「そなたが殺したのか？」
「そうしたかったが、おれはやってない。ふたりは狼に喰われたんだと思う。やつら、若い女を追ってるといってた。うん、これだけはいえるな。あいつらがぜったいにその女を捕まえられなくなったのは、すごくうれしいってな」
　若者はおれをじっとみつめた。「女たちがスカートをはかなくてはならないというのは、不当だと思う。わたしはむしろ男の恰好をしたい。そうすれば、そなたのように自由に旅ができる」
　そういうと、若者は帽子を取って投げ捨てた。くるくるとカールした炎のような髪がその顔を縁どり、若者は一瞬にして若い女に変わった。女は傲然とした目でおれを見た。「女は愛してもいない男に包みを破かれるのを待つだけの、きれいな贈り物ではない」

おれはなんといえばいいかわからなかったので、こういった。「おれはオットー・フントビス」

「犬が嚙む（フント・ビス）」

「そうだ。それがおれの一族の名字の意味だ」

「わたしはサファイヤー。青い宝石のサファイアではなく、赤い炎（ファイヤー）のサファイヤー」

「きれいな名前だな」ほんとうは、彼女のようにまぶしいほどきれいな名前だといいたかった。だけど、彼女は何人もの求婚者に幾度となくそういわれつけているはずだから、そんなありふれたことばでは、賛辞にもならないだろう。ならば、いわないほうがいいと思ったのだ。

ふいに恥ずかしさがこみあげてきた。おれは、森を根城にしている野育ちの男にしか見えないだろう、と気づいたからだ。なにしろ、他人にどう見えるかを気にかけていたころから、もう何週間もたっているのだ。目の前にうっとりするほど

美しい女がいて、その女にできるかぎりいい印象をもってもらいたいというのに。
　おれの舌はこわばってもつれてしまい、ことばがなめらかに出てこなくなった。
「サファイヤー」その名前がおれの言語能力を再燃させて、彼女の美しさをうまく表現できるかもしれないとばかりに、おれは彼女の名前をもう一度口にした。
　この出会いは、月の光による狂気のなせるわざだ。夢のようなものだ。おれはその魔力にとらえられてしまった。見知らぬふたりの道が交わった、この一点での出会い。それだからこそ、自由そのもの。夜が明けて太陽が昇れば、おれたちは、それぞれが属している、かったるい世界にもどることになる。
　なぜ彼女が男の衣装をまとっているのか、なにから逃げているのか、その理由（わけ）を訊いてみようという考えは、これっぽっちも頭に浮かばなかった。そんな質問は、おれたちを腐った大地に縛りつける枷（かせ）になるだけだ。
　そんな質問をするかわりに、おれたちは謎に満ちた夢や希望の話をした。そして少しずつ、たがいに身を寄せあうようになった。おれがマントでサファイヤーをくるんでやると、彼女はおれの肩に頭をのせた。おれたちが新たに見いだした友情を育（はぐく）んでいるうちに、雲が月を隠すたびに日が過ぎていき、もはや一カ月もたったかと思われるころ、ついに夜明けが訪れ、別れのときがきた。
　石のように冷たい朝の光のなか、おれたちは木を降りた。寒気に、息が白くはずんでいる。サファイヤーは前夜に落とした帽子を拾いあげてかぶり、くるくるとカールした髪を隠した。
「どっちに行く？」サファイヤーは訊いた。
　おれは彼女に雌鶏をあずけ、肩掛けかばんからサイコロを取りだした。彼女に半獣の男のことをいいたかったが、いわないほうがいいと思った。
「この五個のサイコロがおれをここまで導いてくれた。きっとこれが森を抜けさせてくれる」
「それがほんとうだといいけど。わたしがいいたいことはひとつ。ぜったいに戻りたくない」
「おれもそうだ」
「それなら、わたしたちはふたりとも脱走者ね」
おれは凍った地面にサイコロを落とした。四個のジャックと一個のクイーン。それでわかった――北に向かうべきだと。

おれの大尉が、むかしこういった――人生の途上で、信じられると思った人物と旅の道連れになるとする。だが、いずれ、その信頼感は薄らぐだろう。その一方で、下心も作意もなく出会った人物となら、いっしょに山に登れる、と。
大尉はこうもいった――酒を飲んで涙もろくなったときに、先行きどうなるのか、あるいは、道がどこに通じているのか、運命を問うてはならない、と。
そしてさらに大尉はいった――旅とはありがたいものだ。すべての道はただひとつの行く先に通じている、と。

おれはサイコロを肩掛けかばんにしまい、サファイヤーから雌鶏を受けとった。そして北に向かって歩きだしたが、おれもサファイヤーもおのおのの思いに沈みこんでいた。おれは単純そのもの。どこか隠れていられる場所をみつけて、火を焚(た)きたいという思いしかない。少なくとも、おれはまた元気を取りもどし、今日の食料になる雌鳥をしっかりと小脇に抱えこんだ。

「ふたりの兵士は、追いかけている女のことをなんといっていた？」
サファイヤーが訊いた。
「女を捕まえられなかったら、公爵夫人になにをされるかわからないとだけ。あんたはその公爵夫人とやらから逃げているのかい？」
　サファイヤーは立ちどまり、おれを見た。
　もしおれにもっと自信があれば、勇気をだして彼女を抱きよせ、なにも心配しなくていい、だいじょうぶだといってやれただろう。だが、おれはなにもせず、なにもいわなかった。
　朝にはやんでいた雪が、昼ごろからまた降りだし、すべてを白くおおいはじめ、黒ずんだ木の枝に巧緻なレース模様を織りなしている。葉の落ちた裸木が白いヴェールをまとっていく。

ほとんど一日じゅう、おれたちは歩きつづけたが、安全な避難場所はみつからなかった。風が強くなってきたから、木に登るのは良案とはいえない。おれたちはふたりとも骨の髄まで凍えてしまった。歯がかちかち鳴っている。

ふいに雌鶏がガッガッと鳴き、羽毛を逆立てた。怯えているのだ。

「どうしたのかしら？」サファイヤーがいった。彼女のまつげにも雪が積もっている。

と、あの男が見えた。木々の向こうに、夕暮れの青ざめた光につつまれ、裾を引くマントをまとった男が立っている。昨夜、森のなかの空き地で見た、黒い髪の男だ。男はじっとおれをみつめている。目に強い熱がこもり、燃えているようだ。片手にベルトをつかんでいる。まちがいない、今日一日、ずっとおれたちのあとを尾けてきたのだ。

おれは大声でいった。「逃げろ、サファイヤー、走れ！」

風に押されるようにして、おれたちは木々のあいだをペガサスのように駆けた。雪をかぶったシダの茂みを、森のなかを、ジグザグに走った。何度も何度もふりむいたが、そのたびに、男は身動きひとつしていないかのごとく、同じ場所にじっと立っているのが見えた。

息を切らし、サファイヤーが訊いた。「オットー、待って！　なにを見たの？」

「あ、あの木々の向こうに」おれはあえぎながらいった。脇腹が痛み、肩の傷もうずいている。

「どこ？」サファイヤーはあたりを見まわした。

男がサファイヤーの視線を避け、彼女の視界に入らないように、この世のものとは思えない速さで移動するのが、おれには見えた。

「聞こえるのは木々の声、雪の沈黙だけよ」サファイヤーはいった。「誰もいないわ。あなた、熱に浮かされているのね」

それでもおれには、依然として男が見えた。男はじっとおれたちを見守っている。ベルトを前後に振りながら。

サファイヤーが息を呑んだ。ようやく彼女にも男が見えたのかと思ったが、それはまちがいだった。おれたちからそう遠くないところで、降り積もった清らかな純白の雪が赤い血に染まっていたのだ。殺されてまもない、若い牝鹿が倒れている。

狩人の姿はない。死んだばかりの牝鹿は、おれたちがここに到着する直前に、そこに置かれたかのようだ。

「そこにいてくれ」おれはサファイヤーにそういうと、ナイフを抜き、牝鹿の死体に近づいた。雪をまとった蔦(つた)の幕の向こうに、血痕がつづいている。蔦の幕が洞窟の入り口を隠していた。

サファイヤーが近づいてきた。彼女がおれのいうことに黙って従わなかったことが、おれにはうれしかった。おれの意志はやわで、いまにも溶けて消えてしまいそうなのに、彼女は意志が強いとわかってうれしかったのだ。おれたちは洞窟の入り口で立ちどまった。

「火が焚けるといいわね」サファイヤーはそういうと、おれから雌鶏を受けとった。

暗い洞窟に入る。闇のなか、皮のような翼がおれをかすめて飛んでいく。「コウモリだ」

凍えた両手をのばして、おずおずと進んでいこうとすると、薪の山に足を引っかけてころんでしまった。

指が凍えて感覚がなくなっていたので、なによりも火が恋しかった。いま、ここでみつけた薪の山は、ミダス王の黄金よりも価値がある。おれもサファイヤーも、この宝には声もなかった。

薪は洞窟の入り口のそばに積みあげてあった。入り口からもう少し奥に入ったところには、ワインとパンとひと重ねの毛皮があった。

「盗賊の洞窟よ」サファイヤーはいった。「盗賊がもどってきたら、どうする？　わたしたち、殺されてしまうわ」

おれには盗賊どもはもどってこないとわかった。依然としてあの男が見えていたからだ。男は洞窟の入り口に立ち、じっとおれたちを見守っている。男には雪のひとひらも触れず、マントが風に揺らぐこともない。男は片手にベルトをつかみ、しんと立っている。

男が見えても、おれはもう、サファイヤーに逃げろとはいわなかった。

牝鹿の肉を切って火で炙(あぶ)る。牝鹿のおかげで食われずにすんだ雌鶏が、重ねられた毛皮の上にちょんと止まっているのを尻目に、おれたちは美食の国の神々のごとき食事をした。こんなにうまい鹿肉は食ったことがない。ワインも上等だ。パンはオーヴンから取りだしてまもないような、新しいものだった。すばらしいごちそうに、自分たちがはまりこんでいる危険な状況も忘れてしまった。焚き火で体もぬくもり、やがて腹もいっぱいになった。

サファイヤーは毛皮の山のなかから、分厚い胴着と赤いマントをみつけた。おれはそのマントが赤でなければいいのにと思った。

おれたちは毛皮を重ねた上に横たわり、体の上に赤いマントを広げて掛けた。蠟燭(ろうそく)はまだ灯っているし、火はぐあいよく燃えている。

「家族はいるの？」サファイヤーは訊いた。

「いや。みんな死んだ。あんたは？」

サファイヤーは横向きになり、おれに顔を向けた。「兄が三人いたわ。三人とも戦いに出た」

「みんな死んだのか？」

サファイヤーはすぐには答えなかったが、やがていった。「この世には大勢の幽霊がいる。その重みが、生きている者たちにのしかかっている」

「おれは死神に会った」

サファイヤーは目を閉じた。「あなたは人狼がいることを信じる？」

　おれはぎくっとして起きあがった。「なぜそんなことを訊く？」おれは訊き返した。「あんたは信じるのか？」

「ええ。わたしは人狼の地から来たの」

「それはどこにあるんだ？」

　サファイヤーは目を開いた。

　おれはその目をのぞきこんだ。その目は、おれにとって、いつでも安らげる憩いの場所と同じだった。

「ずっと遠いところ。ねえ、教えて。あなたの望みはなに？」

「あんたをここから抜け出させてやりたい」

「どこに連れていってくれるの、夢想家さん」

　おれはまだ造られていない大きな街のことを話した。いずれ訪れるはずの、高い城壁で囲まれた、川のそばの城のことを。

「そこにはわたしの兄たちもいるかしら？」

「うん」

「わたしたちの子どもも」

　おれはなにもいえなかった。心臓もどこかにいってしまった。おれが笑いながらそういうと、サファイヤーの顔は沈痛に、悲しげに曇った。

「心配しなくていい」おれはやさしくいった。「あんたには関係のないことなんだから」

「でも、関係があるわ」サファイヤーはいった。「関係があるのよ」

　おれがサファイヤーにキスすると、彼女は身を退いた。ずうずうしいまねをしたことをあやまろうとしたが、その間もないうちに、彼女のくちびるがおれのくちびるに重なり、おれはことばを失った。たがいに理解しあうには、キスに優ることばはない。そんな気がした。

　その夜、おれは高熱に悩まされた。洞窟にベルトを持った男が入りこみ、おれたちのすぐそばにしゃがみこんでいるのが感じとれた。おれが起きあがって男と戦おうとすると、呼びかける声が聞こえた。
「オットー、オットー。ここには誰もいないわ」
視界がぼやけたが、男の姿はまだ見える。
「しーっ。動かないで」サファイヤーは冷たい手をおれの額に置いた。「血が出てるのよ」
彼女がそういったのは憶えている。
狩人たちの角笛と猟犬たちの咆哮(ほうこう)とで、きびしい一日が始まった。
「行かなくては」サファイヤーはいった。「捕まらないうちに。あなたはここにいて。隠れてて」
おれにはわけがわからなかった。狩人たちがサファイヤーとなんの関係があるのだろう？
「あいつらは行ってしまうさ」彼女が行こうとしたので、おれはそういった。「鹿を狩りにきただけだよ」
「いいえ、彼らの獲物はわたしなの」サファイヤーは淡々といった。
高熱に浮かされて、彼女がいなくなるのがどうしても耐えられなかったおれは、彼女に抱きついて引き止めようとした。
「いうことを聞いて」サファイヤーはおれの手をふりほどいた。「あなたはここで静かにしてて。彼らにみつかったら、殺されるから」
「誰が？　誰がおれを殺すというんだ？　怖くなんかないぞ。あんたのために戦ってやる」
サファイヤーはおれのくちびるに指を置いた。「だめよ、オットー。これはあなたの戦いではないの。それに、あなたは病気だわ。お願いだから、ここでじっとしてて」
「行かないでくれ」
「動かないで。また会いましょう」サファイヤーはいった。「わたしの夢のなかで」

サファイヤーが洞窟の入り口に立つと、赤いマントがひるがえった。
足がいうことをきいてくれることを期待して、おれは立ちあがろうと必死で体を起こした。洞窟の外には狩りの一行が集まっている。馬たちが鼻を鳴らし、頭絡(とうらく)が騒がしい音をたてている。犬たちには黒い髪の男が見えるらしく、激しく吠えたてている。男は立ちあがりながら、ベルトを腰に巻いていた。

おれはまた戦場にいる。息をひきとるまで、戦いぬく覚悟だ。
馬が棹(さお)立ちになり、地面が揺れる。
兵士たちの悲鳴が聞こえるが、どこを負傷したのか、矢がどこに飛んだのか、さっぱりわからない。
流血。熱。凍りつく冷気のなかでしたたる汗。
おれの体は燃えている。

第5章

目が覚めると、頭に雌鶏がのっかっていた。おれは洞窟の中にいて、何枚もの毛皮に埋もれていた。どうやって毛皮の山の下にもぐりこんだのか、まったく憶えていない。焚き火は熱い灰と化し、蠟燭は芯まで燃えつきていた。一瞬、わけのわからない不安に襲われたが、蔦の幕のそこここから陽光がさしこんでいるのを見て、どっと記憶がよみがえった。

洞窟の外には、狩人たちの死体があった。そのおぞましい死にざまを見たとき、おれは心底ぞっとした。死者のうちの一体は、血に染まった手足が凍りつき、夜のうちに新たに積もった雪にまっすぐに立っている。弓をかまえようとしているかのように片手の指を開いたまま、おのれの死に驚いて目をみひらき、開いた口は恐怖にねじれている。

次第によってはおれの心臓も停まってしまうかもしれないと思いながら、おれは必死になって素手で雪を掘り、愛するひとの姿を捜した。彼女がまとっていた赤いマントの切れ端が見えたとき、この世は終わりだと思った。喉の奥から苦悩の叫びがほとばしる。木々の枝から雪がどさっと落ちた。

「いやだ、やめてくれ」おれは叫んだ。「お願いだ、神がいるのなら、彼女をこんなところに埋めないでくれ」

できるかぎり広い範囲を捜したが、赤いマントの切れ端のほかに、彼女が狩人たちの死体のあいだに埋もれているという証は、なにもみつからなかった。それは希望をもたらしてくれた。

雪まみれになって、よたよたと洞窟にもどった。これからどうしよう？　もうここにはいられない。おれは決めた――生命を懸けて、サファイヤーの身になにがあったのかを探りだすことが、おれの使命だ。
マント代わりに毛皮をまとい、おれは手のなかのサイコロをみつめた。五個のサイコロをくちびるに当て、キスする。
「おれを彼女のもとに連れていってくれ」そっとつぶやく。「それだけが望みだ。愛するひとをみつけだせますように」
手のなかでサイコロをころがす。
これまでに二回サイコロを振って、二回とも同じ目が出た。北へ行け、と。あの半獣の男は、おれにあとを追われないように、北に行く目しか出ないようにサイコロを細工したのだろうか。だが、たとえそうだとしても、今度はサファイヤーのもとに導いてくれるのではないだろうか？　運を信じれば、彼女をみつけられるにちがいない。
とはいえ、博打好きはみんな、そういうふうに考えるのかもしれない。おれの大尉のように、一度勝てば、自分には永久にツキがついてまわると信じるものだ。おれだって、サイコロが誰の友でもないことはよくわかっているが、それでも、サイコロの目に従えばサファイヤーのもとに導いてもらえると、それを信じたい気持は失せなかった。
おれはサイコロを放った。五個のサイコロは洞窟の床をころがった。四個のジャックと一個のキング。サイコロは初めて、東へ行けと告げた。サイコロの指示どおりにしたら、なにか失うものがあるか？　なにもない。いい予兆だと思い、おれはサイコロを拾いあげて肩掛けかばんにしまい、雌鶏を道連れに出発した。
森の奥深くに入りこめば入りこむほど、木と木の間隔が狭くなり、さしこむ陽光の量もどんどん減ってきた。ときどき、足を止めて耳をすます。風がいたずらを仕掛けている。風のざわめきのなかに、なにかが擦れる音、枝がぴしりと鳴る音、獣の足音が聞こえた。

尾けられている。また聞こえた。低い唸り声も。おれはよろめく足をやみくもに速めた。うなじに熱い息がかかるのを感じる。それが現実なのか、はたまた想像の産物なのか、なんともいえない。わかっているのは、この悪魔が前よりも近づいてきていることと、おれが洞窟を出たときから尾けてきたということだ。

おれはついに走りだした。走って走って、前方の木々のあいだに薄ぼやけた陽光が斜めにさしこんでいるのが見えるまで、走った。もつれる足を懸命に動かして、荷車の轍でできた小道にたどりついた。ようやく獣——現実にしろ想像にしろ——はいなくなった。強運の神は親切だった。というのは、小道には雪がほとんど積もっていないからだ。おれは笑いたくなった。ジグを踊りたくなった。この小道はどこかに通じている。きっと意味があるにちがいない。

夕暮れが迫るころ、小道をそれ以上進めなくなった。トゲのある蔓がからみついた、鉄の門が立ちはだかっていたからだ。門に近づき、鉄の棒のあいだからのぞいてみる。遠くに城が見える。木造の城が、雲をつくような三本の樫の巨木の幹にくいこむように建っている。梢の上に小塔がいくつも突き出ていて、幾層もの床が高低入り乱れて隣り合い、床と床がくっつきあうようにして、でこぼこの層をなしている。建物がばらばらになるのを防ぐように蔦が壁を這い、全体を綴じている。

木造の城は苔むしている。何千年も前からそこにあったようだ。城が建てられた当時は、まさか伸び放題に伸びた木々の内側に囲われてしまうとは、誰も予想していなかっただろう。窓だけが、この城が人間の手によって建てられたことを示している。窓には分厚いガラスがはめこまれ、薄れゆく夕暮れの陽光を受けて金色にきらめいているからだ。

木造の城を見たおれは、強い衝撃を受けた。こんな森の奥深くに、

なぜ城が建てられたのか、どうにも理解できない。戦闘とは無縁のたたずまいであることも、理解できない。もし兵士たちがこの城をみつけたら、家財やらなにやらを略奪したあげく、火をかけて燃してしまうだろう。鉄の門ですら破壊をまぬかれたかどうか疑問だ。

また別の疑問が浮かび、心臓が沈みこんだ。この城に人が住んでいないとすれば？　鉄の門にはしっかりと鍵がかかり、城の正面玄関につづく私道には、葉の落ちた、枝の折れやすい灌木がぼうぼうに生い茂っている。煙突からは煙もあがっていないし、なによりも、全体がひとけのない静けさにつつまれている。

しかし、もはやおれの理性は鈍くなっていた。あまりにも疲れきっていて、頭に浮かんだ三つの疑問をつなぎあわせて考えることすらできなかった。本来ならそうすべきなのに。おまけに、おれの胸の内は、サファイヤーのキスと、それによってかきたてられた熱情とに占められていたのだ。ふと気づけば、ほとんど夢うつつの状態のまま、人がいることをなんとなく期待して、錆びついた呼び鈴の紐を引いていた。長いこと待ったが、誰も応対に出てこない。もう一度紐を引いたが、やはり誰も出てこない。むだだと思いながらも、さらにもう一度、呼び鈴の紐を引いた。

驚いたことに、いきなり、城の窓という窓に明かりが灯った。まるで魔法が働いたような光景に、おれは茫然と立ちすくんだ。さらに驚いたことに、がっちりと閉ざされていた高い鉄の門が、いつのまにか、見えない手によって開かれていた。おれは開いた門から私道に入り、城に向かった。近づけば近づくほど、城が遠ざかっていくように思える。ようやく正面玄関にたどりついたころには、夜が昼を追いやっていた。木の扉には、いくつもの顔が彫りこまれている。どの顔も“気をつけろ、気をつけろ”と叫んでいるようだ。だが、警告されても、もはや手遅れだ。ふりむくと、鉄の門はふたたび閉ざされていた。

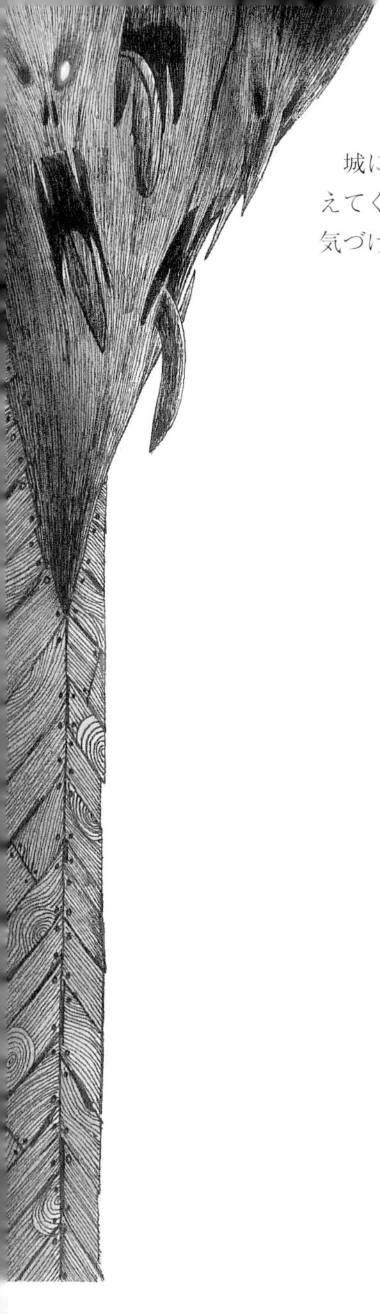

城にいる誰かが、人狼の地がどこにあるか教えてくれるだろうと期待して、おれは自分を元気づけた。

第6章

音もなく木の扉が開いた。がらんとしたホールに足を踏みいれる。ホールを通りぬけた先に部屋があった。部屋の壁は白く洗われ、何百本もの蠟燭(ろうそく)に照らされている。樫(かし)の巨木の枝があやとりの模様のようにからみあって、天井を這っている。大きな石の暖炉の炉格子の向こうで、ぱちぱちと火がはぜている。家具といえば、椅子が一脚と小型のテーブルがあるだけだ。テーブルにはワインの瓶が一本と、グラスが一個のっていた。

おれはどうすればいいかわからず、途方に暮れて立ちつくしていた。

大声で訊いてみる。「誰かいるのか?」

返事は、周囲の壁にぶつかって返ってきたおれの声だった。だが、背後になにかの気配を感じ、肩を冷たい風になでられた気がして、くるっとふりむいた。誰もいない。しかし、おれの目がおれを欺(あざむ)いているのでなければ、一瞬目を離したすきに、椅子が引かれ、つい先ほど見たときは栓が閉まっていたと断言できるワインの瓶も栓が抜かれているうえに、かたわらのグラスにはワインがつがれていた。おれは疲れすぎていて、このすべての不思議に疑問をもつだけの余裕はなかった。頭上に注意しながら進んでいき、椅子にすわった。グラスを取ってワインを口に含む。味も香りもすばらしいワインで、おれはごくごくと喉を鳴らして飲んだ。すわり心地のいい椅子に、上等のポートワイン。まぶたが重くなってきた。

はっと目覚めると、蠟燭は消え、部屋は暗かった。暖炉の火は、たったいま新しい薪がくべられたばかりだというように、勢いよく燃えている。驚いたことに、旅の道連れの雌鶏（めんどり）は干し草の上にうずくまり、おれの肩掛けかばんは椅子の背にかけてあった。姿の見えない城の主人がおれと雌鶏に気を配ってくれているとわかっても、おいそれと安心できるものではない。部屋の中になにかがいる。そのなにかは、仕掛けた罠（わな）に、獲物（すなわち、おれ）が掛かったといわんばかりに、暗がりでほくそえんでいるかもしれない。

開いたドアから、ランタンを持ち、赤いマントをまとった女の子がすたすたと歩いているのが見えた。サファイヤーではないと直感したが、ひょっとすると、予見できないなんらかの魔法によって、彼女が現われたのかもしれない。

雌鶏を抱えあげ、肩掛けかばんをつかんで、おれは待ってくれといいながら赤いマントの女の子を追ったが、女の子はどんどん廊下を進み、さらに幅の狭い、曲がりくねった階段を昇っていった。階段のてっぺんの小塔の小部屋につづくとおぼしいドアの前で、女の子はこちらに向きなおった。

おれは階段から足を踏みはずしそうになった。ちらちら揺れるランタンの灯に浮かびあがった顔は、死人のそれだったからだ。眼窩（がんか）は暗くうつろで、皮膚や肉ははがれて骨が見え、胸には大きな穴が開いている。

ふっとランタンの灯が消え、おれの勇気も失せた。耳のなかで、髪のなかで、ブンブンと羽音が聞こえる。そこいらじゅうに蠅（はえ）が群がっているのがわかった。

ふたたびランタンに灯がともった。だが、赤いマントの女の子の姿はなく、甘ったるく鼻をつく臭いが残っているだけだった。いや、それだけではなかった。何千匹もの黒っぽい青蠅の群れが残っている。恐怖に駆られ、おれはむちゃくちゃに手を振りまわして青蠅どもを追

い払おうとしたが、青蠅どもは、おれが腐肉のごちそうだとでもいうように、追っても追っても飛んでくる。青蠅の羽音に、おれの理性はかき乱され、頭のなかがぐるぐる回ってきた。ここにはどんな悪魔がいるのだ？　無我夢中で青蠅の群れと戦っていると、何千匹もの青蠅どもがいっせいに気持をひとつにしたかのように、いかにも目的ありげに集まると、おれのそばをかすめて小部屋を出て、階段に向かって飛んでいった。

恐怖に震え、ほとんど正気を失いかけていたおれは、青蠅が一匹も残っていないのを確認すると、急いで階段につづく小部屋のドアを閉めた。

のろのろと正気がもどってきた。周囲を見まわしたが、なんのへんてつもない

空間だと確認できて、気持がおちついた。

小部屋にはベッドが一台と椅子が一脚あった。窓から樫の巨木の太い枝が見える。夜が明けるのを心待ちにして、おれは服を着たままベッドの上にごろりと横たわった。あの赤いマントの女の子の幻影が脳裏から消えない。

前方に小さな家がある。午後の陽光のなか、煙突から吐きだされる煙が、雲にキスしようと空に昇っていく。農夫がひとり、大鎌をふるい、畑で小麦を刈っている。

おれの隣には女の子がすわっている。

赤いマントをまとっている女の子は、焼きたてのパンの匂いがする。

「歳（とし）はいくつ？」女の子が訊く。

「これが14回目の夏だよ」おれは答える。「あんたはいくつ？」

「冬を13回すごしたとこ」

おれは農夫に目をもどしたが、見えたのは、大勢の死んだ兵士や女や子どもを収穫している死神だった。

「みんなを埋葬できるだけの土地があるのかな？」おれは女の子に訊く。

「あるよ。けど、この先も、地面の下に埋められた人々から男たちがたくさん生まれて、小麦はまた血にまみれるんだろうね」

おれは死んだ女の子の黒くうつろな眼窩をのぞきこんでいた。

第7章

朝の光のなかで、おれはサイコロを振った。溺れかけた者が板きれにしがみつくように、おれはサイコロの目にしがみつこうとしていた。

羊皮紙に書かれた、半獣の男のていねいな説明によれば、もし10の目が出れば、おれはなにがあってもその場にとどまらなければならない。向かうべき方角は東西南北の四つしかなく、10の目はどこにも行けないことを表わしているからだ。おれは三度、サイコロをころがした。三度とも同じ目が出た。ジャックが四個と10の目が一個。腹を立てながら、サイコロを背嚢(はいのう)にしまう。今回は、サイコロの指示に従うつもりはなかった。ここにとどまらなければならない理由はひとつもない。幽霊や青蠅(あおばえ)に悩まされながらとどまるよりも、狼とともに野を行くほうがましだ。

おれは城を出る決意を固め、肩にかばんを掛け、雌鶏(めんどり)を抱えて、階段を降りた。

階下の部屋には召使いとおぼしい男がいた。こちらに背を向けて、きれいに掃除した炉床に新たな火をいれている。おれはその男に、どうしておれがここにいるのかを説明し、人狼の地にはどう行けばいいか、知っているなら教えてもらおうと口を開きかけると、向こうをむいていた男が、くるりとふりむいた。木の皮のようにしわのよった顔の老人だった。

「雌鶏は厨(くりや)に置くのがいちばんかとぞんじます」

台所があるとわかったせいか、召使いがいるとわかったせいか、なんとなく安堵して、おれは口ごもった。そして、なにもいわずに雌鶏を老人に渡した。雌鶏を受けとると、老人はおれを食堂に誘った。

テーブルにはオーヴンから出したての熱々のパン、ハム、塩漬け肉、皇帝にしか供されないような種々のくだものが、所狭しと並べられている。どれもこれも、餓えていたときに夢見た食いものだ。しかし、別のとき別のところでなら、おれはごちそうに歓喜し、たらふくむさぼり食っただろうが、いまのおれの胃袋は恐怖に食い荒らされ、目の前のごちそうにとびつくことはできなかった。

食欲などない。この不気味な城に入ってからというもの、恐怖がつのるばかりで、しかも、それに追い打ちをかけるかのように、昨夜は城の内部から狼の咆哮が聞こえたのだ。雪の降り積む朝になっても、召使いたちが狼退治に出かけたことを示すものは、ひとつも見あたらない。

城を出れば食欲がもどってくるのはわかっているので、おれは肩掛けかばんに食いものを入れはじめた。食料調達に夢中になり、しなびた老人がもどってきてドア口にたたずみ、おれを見守っていることにはまったく気づかなかった。

「ご用がおすみでしたら、こちらへどうぞ」老人はいった。

なぜ、どこに行くのかと訊いても、老人は答えようとはしなかった。

少し離れて距離を保ちながらあとをついていくと、老人はちょこちょこと、いくつもの広間や部屋の迷路を縫って進んだ。どこもかしこもがらんとしていて、雪で洗ったように白い。やがて老人は片足を引きずりながら階段を昇りはじめた。そしてようやく、広々としたドーム形の部屋にたどりついた。生まれてこのかた、こんな部屋は見たことがない。

「ここでお待ちを」しわくちゃの老人はそういいおいて、どこかに行ってしまった。

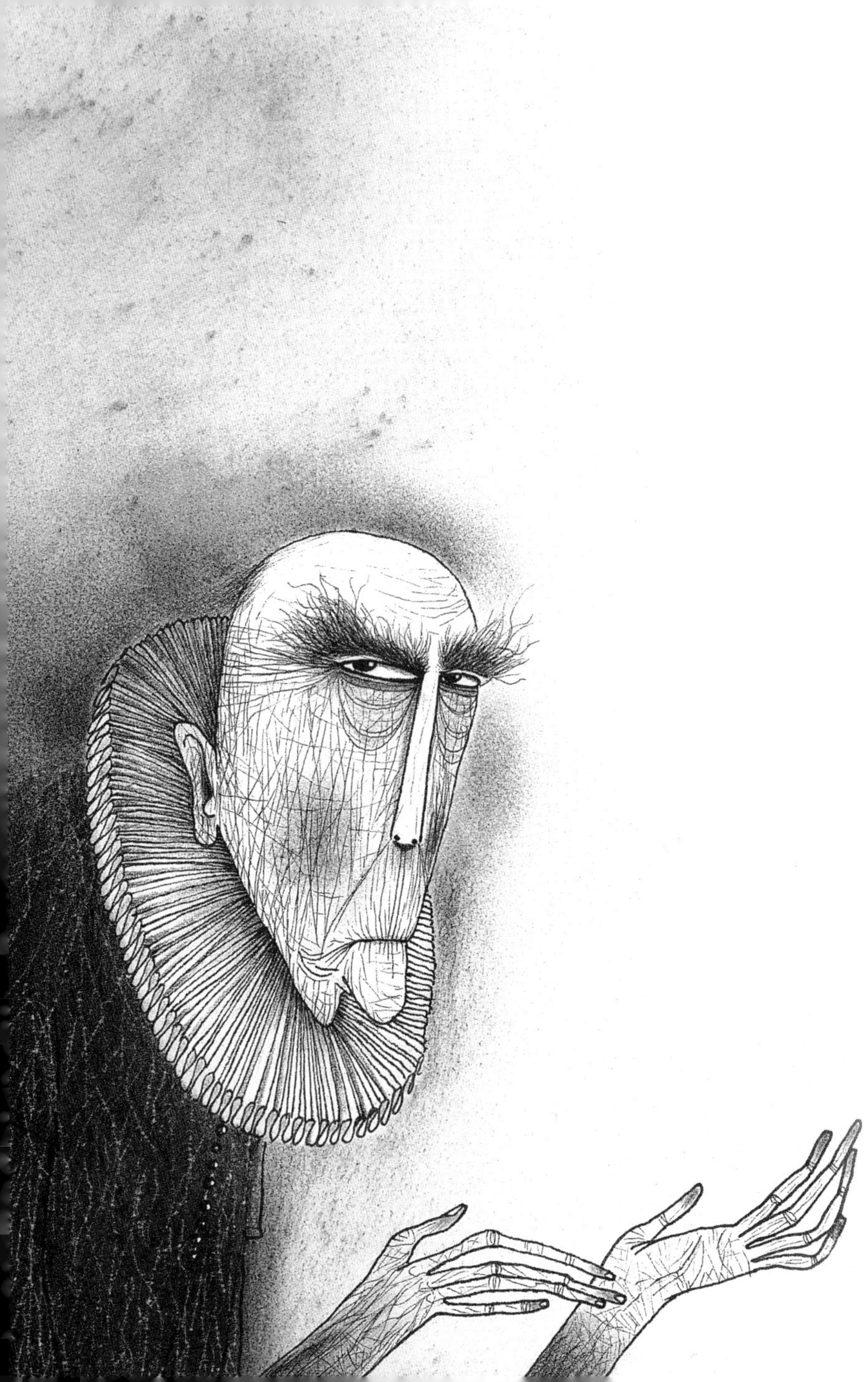

いわれたとおり、おれは待った。なにを待っているのかわからないが、ともかく待ちながら、周囲を観察した。壁は高く、丸天井は透きとおっていて、氷でできているように見える。その丸天井の向こうに、雪をはらんだ雲がいくつも見える。魔法が働いたのか、天井を突き抜けた雪がひとひら落ちてきて、石の床に舞い降りる前に消えてしまった。森のなかで迷っていたときよりも寒い。吐く息が冬の霧のようだ。

丸天井と同じく氷でできているような壁の高いところに、この円形の部屋をぐるりと一周する回廊がある。おれは震えないように、怖がっていることを見せないようにしようと、気持を集中していたので、誰かが部屋に入ってきたのに気づかなかった。凍えそうな冷たい風が吹きこんできたので、それとわかったのだ。女だ。

この女は老いているのか？　わからない。若いのか？　わからない。そういうペテンが可能なら、若くて、同時に老いて見える。顔の半分を黒い仮面で隠し、胸ぐりの深いドレスをまとった女の髪は、ちりちりとちぢれている。胸元には、女王（クイーン）にふさわしい宝石がきらめいている。ドレスは銀白。舞い落ちる雪の色だ。襟や袖口はキツネの毛皮で縁どりされている。といっても、そういうことに視線が向いたのはあとのことで、最初に目が釘づけになったのは、女の左手の親指だった。

親指の爪は異様に長く、しかも、くるくるとらせん状に渦を巻いている。女はおれに左手をさしのべた。親指はほかの指から離してある。

「我が城に参られた旅人は、三夜のあいだ、わたくしがおもてなしをする」女はいった。「三夜をすごした旅人には、ひとつだけお返しをしていただく」

「ご親切にどうも。だがおれは、世話になる気はない。すぐに出ていく」

没薬（ミルラ）と乳香の匂いをただよわせて、女が近づいてきた。香料のきつい匂いで、おれの理性に霞（かすみ）がかかってしまう。

女はおれのあごを持ちあげた。目の前に女の顔がある。

「歳（とし）はいくつか？」

「18回目の夏が過ぎた」

「18回目の夏か。兵士だが、脱走兵だな」そういって、おれの顔から手を放すと、おれのまわりを歩きはじめた。目で追っているうちに部屋がぐるぐる回っているような感じがしてきたころ、女は立ちどまった。

「そなたの目は水の青だな。髪は黒。鼻筋はすっきり通っているし、あごはがっしりしている。なかなかととのった顔だちだ」

女は渦巻き爪をおれの目の前に突きだした。それをみつめていると、丸まった爪がゆっくりとほどけていき、ナイフの長い刃のようになった。きっとナイフのようにするどいはずだ。女はナイフ爪の先をおれの頬に押しあてた。

おれはあとずさりしようとしたが、見えないなにかに阻（はば）まれたかのように、その場を一歩も動けなかった。そして、ふいに、焼けるような痛みを覚えた。氷の刃のような爪が頬の肉を裂き、頬骨の下へ、うなじのほうへじわじわと下りてくる。

「そなたの血は赤いなあ」親指を離した女は、爪がまた丸まってしまわないうちに、爪の先を舐めた。そしてさらに体を寄せてきて、そのくちびるでおれのくちびるに触れた。女の息は濡れた土の匂いがした。これほど近くても、黒い仮面のうしろに隠れている女の目はよく見えない。

おれはキスを返さなかった。女は片手をあげて、おれの頬を打った。

「わたくしのもてなしを拒む者は」女は低い声でいった、「ひとりもいない。ただのひとりとして。兵士よ、そなたはわたくしを魅力的だとは思わないのか？」

おれは舌を抑えておいた。答は“思わない”に決まっているからだ。

女の手がおれの体を這って、太股に触れた。「おや。そなた、女と寝たことがないのだな」
おれは黙っていたが、意志を裏切って、顔が赤くなってしまった。
「わたくしにそそられるであろう、兵士よ？」
そんなことはない。ぜったいにない。
女は低い声をおれの耳に吹きこんだ。「三夜だ。聞いているか？三夜だけで、それ以上はない。そして、お返しをいただく」

第8章

次の朝、城は活動を再開することに決めたようだ。黙りこくった召使いたちが静かに仕事をこなし、しわくちゃの老人だけがことばを発する。だが、そのことばはなんの役にも立たない。

歩きまわっても誰にも止められなかったので、おれは脱出口を求めて城内をうろついた。徒労だった。手当たり次第に部屋に入り、目についたドアというドアを開けてみたが、外の世界に通じている箇所はひとつもなかった。そのかわり、ランタンがずらりと並んでいるアーチ形の通路をみつけた。おかしなことに、声が聞こえた。ランタンたちが、小さな炎の舌をひらめかせて会話をしているのだ。

「聞いた秘密は、いうも勝手」

「嘘と真(まこと)、どっちが地獄か」

「彼女が呪文を破ったと聞いた」

「火打箱はちゃんと隠されてる」

おれは急いでドアを閉めた。それ以上聞きたくなかった。サファイヤーを捜すというおれの使命は、始める前に終わってしまったような気がする。

時が重くのしかかる。時間が勝手に延びて、一分が常に前の一分よりも長くなっていく。昼がしぶしぶと夜に座を譲るまで、一分一分がいらだつほど長い。夜になると、ものいわぬ召使いたちはいっせいに姿を消すが、見えない手によって暖炉に火が入り、蠟燭(ろうそく)が灯され、食堂のテーブルに料理が並ぶ。だが、人の姿はいっさいない。

三夜目、ナイフ爪の貴婦人（おれは仮面の女をそう名づけた）がお返しを求めてやってくるのではないかと気が気ではなく、おれは横になっても眠らずにいた。

恥さらしな話だが、大尉のお供で、何度も売春宿に行ったことを思い出した。

大尉はいったものだ——娼婦たちがいろいろ教えてくれて、おまえを男にしてくれる、と。

だが、娼婦たちの激励や薫陶を受けても、おれは少しも心を動かされなかった。

たぶん、多くの兵士が女たちを手荒にあつかうのを見すぎたせいだろう。兵士たちの行為には“愛”などというものはかけらもなかった。酔っぱらって欲望を満たすだけだ。彼らは力ずくでものにした女や、金で買った女のことを、いかにも自慢げにぺらぺらしゃべっていた。彼らにとって女とは家畜と同じであって、なんのためらいもなく殺せる相手にすぎない。戦乱は、暴力と色欲を満たすための、卑しい口実となった。おれは一度として、そんなやつらの仲間に入りたいと思ったことはない。

いまの自分にはなにもわからないにしても、これだけはわかる——おれはナイフ爪の貴婦人と寝ることはできない。おれが彼女の紙のように白い肌に触れるとか、あるいは、彼女がおれの肌に触れるとか、そう考えるだけで虫酸が走る。

もしおれに芝居っ気があれば、さもしい男になりきって、娼婦たちの前では雄犬となっていた大尉に倣い、ほかの兵士たちと同じようにふるまったあげく、自慢たらたらで吹聴するだろう。相手がスカートをはき、“いいよ”といいさえすれば、若かろうが歳をくっていようがおかまいなしに、誰とでも寝ただろう。

だがおれに芝居っ気はない。なにかの役を演じることはできない。

おれは“おれの人生という舞台”に立っているだけでいい。サファイヤーといると、詩人たちの“愛”の詩の意味が、おぼろげながらわかった気がした。愛のない世界は火の灯らない蠟燭と同じ。サファイヤーといると、すべてを変えてしまう熱情とか、命を懸けるだけの価値のある恋情とか、そういう心情を理解できた。サファイヤーをみつけよう。彼女を愛そう。ふたりして自由になろう。

そんなことを考えているうちに、おれは眠りに落ちた。

蠟燭に照らされたカーテンの向こうに、
想像も及ばないほど美しい、
愛するひとの姿が見える。
おれたちの婚礼の夜。
彼女は寝室で服をぬぐ。
張り輪(ファージンゲール)とペチコートが取りさられる。
彼女がまとっているのはシュミーズだけ。
「目をつぶって」彼女がいう。
おれは目をつぶる。血が火となって燃えている。
「お返しをいただきにきた」
一瞬にして熱い血が凍りつく。
気力が失せ、生気を失う。
声の主はナイフ爪の貴婦人だった。

冷たい汗に濡れて目が覚めた。雄牛のように勇猛果敢になれる薬がないものだろうか。そうすれば、ここを出ていくことができるのに。

そんな考えを笑いとばそうとしてみる。だめだ。明日はナイフ爪の貴婦人と寝るか、死ぬしかない。傷が痛んだ。と、この城ですごした最初の夜と同じように、狼の咆哮(ほうこう)が聞こえた。今夜は三頭だ。なかでも、いちばん力のある咆哮のせいで、床が揺れ、小さな敷物が動いた。

子どものころは、農場や家族の夢をよく見た。おれは子どもっぽい正邪の信念をもって、主(しゅ)に祈ったものだ——村が戦いに巻きこまれませんように、兵士たちが来ませんように。

おれは眠らないようにがんばったが、まぶたが勝手に閉じて、ふたたび悪夢が訪れた。

おれは墓地にいる。愛する姉が墓穴に横たわっている。

服はしわくちゃで、ずたずたに破れている。

姉の痛ましく傷ついた半裸の遺体を誰にも見られないように、おれは自分の胴着をぬいで掛けてやった。

小さいころのように、おれは姉のそばに横たわった。こうしていれば、姉が昔話をして、おれを寝かしつけてくれるはずだ。

姉が死んでいるのはわかっている。

姉が訊く。「オットー、あたしはなぜこんな目にあわなければならなかったの？」

「わからない」おれはそう答えて、姉の冷たい手を握りしめる。

「結婚して、子どもをもちたかったのに。あたしの畑は黄金色に実っただろうに。

なぜ、こんな目に？　オットー、なぜ？」

第9章

ぐっしょりと寝汗をかいて目が覚めた。もう眠れない。

おれの運命の瞬間がそくそくと近づいてくる、最後の朝、おれは壮麗な階段をみつけた。階段室になっているとはいえ、どうしていままで見逃していたのか、どうにも不思議だったが、この城は、自然の摂理とは無縁の存在なのだ。

階段室の壁には、獣たちが人間を喰らっている光景が詳細に彫りこまれている。狼やキツネたちが人間たちを狩っているのだ。少しずつ少しずつ階段の幅が狭くなり、やがてらせん階段となって、さらに高みへとのびていた。

そしてついに、あのドーム形の部屋の上方をぐるりと囲んでいる、長い回廊に出た。回廊のそこここに、縦も横も大きさがさまざまな本が山と積まれ、小鳥や小動物たちの頭蓋骨がぎっしり詰まったガラス戸棚がいくつもあった。ヴェルヴェットの布の上にピンで留められた蝶々の羽の色ときたら、見たことがないほど美しい。

死神に出会ったあと、奇妙なことばかり起こるのは、死神に弄(もてあそ)ばれているからではないか——これで何度目になるか、おれはまたそう思った。

本を一冊手にとってみると、どのページにもみごとな地図が描かれていて、おれは夢中になってページをめくった。この世界が珠のように丸く描いてある図は、世界は平たいと学んだ者にとっては、笑止千万な説だった。たとえば百年の寿命があるとして、その命が尽きるまで歩きつづけても、世界の果てには決してたどりつけないに決まっている。

聞いたこともない事柄ばかり書いてある本がたくさんあり、おれは知識という穀粒を運ぶ蟻になったような気がした。

今日は一日じゅうここにいることにしよう。もっと早くこの回廊をみつければよかったのに。悔やんでいると、声が聞こえた。木の手すり越しにのぞいてみると、ナイフ爪の貴婦人が貴族の奥方のような背の高い女と話していた。

女は濃い緑色のドレスをまとい、意地の悪そうな声で哀れっぽく泣き言をいっている。名前がわからないので、泣き言夫人と呼ぶことにしよう。

「呪いから解き放たれたい」泣き言夫人はいった。

ナイフ爪の貴婦人は笑い声をあげた。

「妹よ、わらわがなにをいっているか、承知であろう。わらわの継娘があの王子と結婚しなければ、王子もわらわも死んでしまう」と泣き言夫人はいった。

「他愛もない。あなたがお望みなら、呪いを解くなど、容易なこと」

「どうすればいい？　教えてたもれ」

「あなたの継娘を王子と結婚させなさい。そのあと、薬を使って彼女を葬るのです。それが必要なら」

泣き言夫人は円形の部屋の中を行ったり来たりしはじめた。ドレスの裾が、石の床をおおっている霜の上に跡をつけていく。

しゅっ、しゅっ。

濃い緑色のドレスの裾が音をたてる。

しゅっ、しゅっ。

ふたたびナイフ爪の貴婦人が笑い声をあげた。「どうなさったのです、姉上、王子はあなたの継娘を見たことはないのでしょう？」

「笑いごとではない」
「どんな娘(こ)なんです？」
「醜くて愚鈍だ。しかも豚のように強情。もじゃもじゃの髪は、赤みの強い黄色だ。目は黒ずんだ木の色で、肌はさらした羊毛のように黄ばんでおる。目鼻にくらべ、くちびるは厚くて大きい。先ほどもいったように、醜い娘なのだ。そのうえ、気性が荒いので、閉じこめておくにも、木の壁ではなく石の壁の部屋でないとだめなのだ」
「わたくしの目はなにもかも見通せるのですよ、姉上」ナイフ爪の貴婦人がいった。「ほんとうは、白い絹の肌、くるくるとちぢれた巻き毛の、炎のような髪の娘。目は黄昏(たそがれ)どきの琥珀(こはく)色、くちびるは薔薇(ばら)の紅。それほど美しいゆえに、あなたは彼女を閉じこめている。そうでしょう？」
　まちがいない、ふたりの女が話しているのはサファイヤーのことだ。おれは思わず身をのりだした。あまりの寒さに、手が凍えてかじかんでいる。歯がかちかちと鳴らないように、袖をしっかりとくわえたほどだ。
「ずいぶんむかしに忠告しましたよね。継娘を閉じこめるべきではないし、あなたの熱しやすい浮気心には錠をおろしておくべきだ、と。で、公爵は実の娘である彼女の運命について、なんと仰せですか？」
「殿か。殿のことなど、わらわのドレスのしわほども気にせずともかまわぬ」
「いったいどんな手を使って、公爵の良心を眠らせてしまったのです？」
「殿の娘は平民出の兵士と結婚することになる」
「けっこうですわ、姉上、とてもけっこう」ナイフ爪の貴婦人は何度もうなずいた。「問題は、あなたの継娘が汚れのない蔓に実っている、まだ青い果実だということです。美しい乙女。あなたが恐れているのは、王子が彼女をひと目でも見たら……」
「王子はわらわのものだ」泣き言夫人はいった。「わらわのものだ」
「あなたの恋心などに興味はありません。ですが、姉上、あなたに贈り物があります」
　召使いが簡素な箱を持ってきて、泣き言夫人の前のテーブルに置いた。
「これはなんだい？」泣き言夫人の顔がぱっと明るくなった。「もしや火打箱か？　そなたが取りもどしたのか？」
「いいえ、ちがいます。わたくしが取りもどしたのなら、まっ先に姉上にお知らせしたでしょう。これはわたくしからの贈り物です」
　泣き言夫人はその箱をためつすがめつした。
「開けてごらんなさい」ナイフ爪の貴婦人がいう。
「その前に教えておくれ。なにが入っているのか」
　ナイフ爪の貴婦人がなにもいわないので、泣き言夫人はおずおずと箱を持ちあげた。震える手で蓋を開ける。と思うと、あわてて蓋を閉じた。
「蜘蛛ではないか」泣き言夫人は嫌悪の口調でいった。「蜘蛛は大嫌いだ」
「ですが、その蜘蛛を嫌ってはなりません。あなたの切り札なのですから、うまく使わなくては。あなたに呪文を教えましょう」
　ナイフ爪の貴婦人は泣き言夫人の耳になにやらささやいたが、おれには聞こえなかった。
　いきなり、ぐいと両腕をうしろに引っぱられた。みつかったのだ。しわくちゃの老人に捕らえられてしまった。おれは必死で抵抗したが、老人は手を放そうとはしなかった。老人のくせに、樫の木のようにたわまない、強い力の持ち主だ。おれは回廊から引きずりだされた。押されるようにして階段を降りると、下の部屋に連れていかれた。

泣き言夫人はいなくなり、ナイフ爪の貴婦人だけがうれしげに待っていた。

第10章

「当然ながら、この城はわたくしのもの」ナイフ爪の貴婦人はいった。「つまるところ、そなたは関係のない話を盗み聞いたのだ」おれの前に立ちはだかっているナイフ爪の貴婦人は、恐ろしいほど美しい。渦巻く爪がおれの耳を這いまわる。「なにを聞いた？」

「本のページをめくる音を」おれは答えた。「それから、おれにはわからない高尚な話を」

「兵士よ、そなたは嘘をついているが、それは重要ではない」

「たのむ、おれを行かせてくれ。おれは貧しくて、あんたにさしだせるようなものはなにも持っていない」

「お黙り。そなたは森でレディ・サファイヤーと出会った。そうであろう？　姉の話では、彼女を捜しにいった狩人の半数が殺されたそうな」

「あのひとは生きているのか？　あのひとがどこにいるのか、教えてくれ」

　ナイフ爪の貴婦人は、真意を読みとろうとするかのようにおれをじっとみつめ、やがて笑い声をあげた。

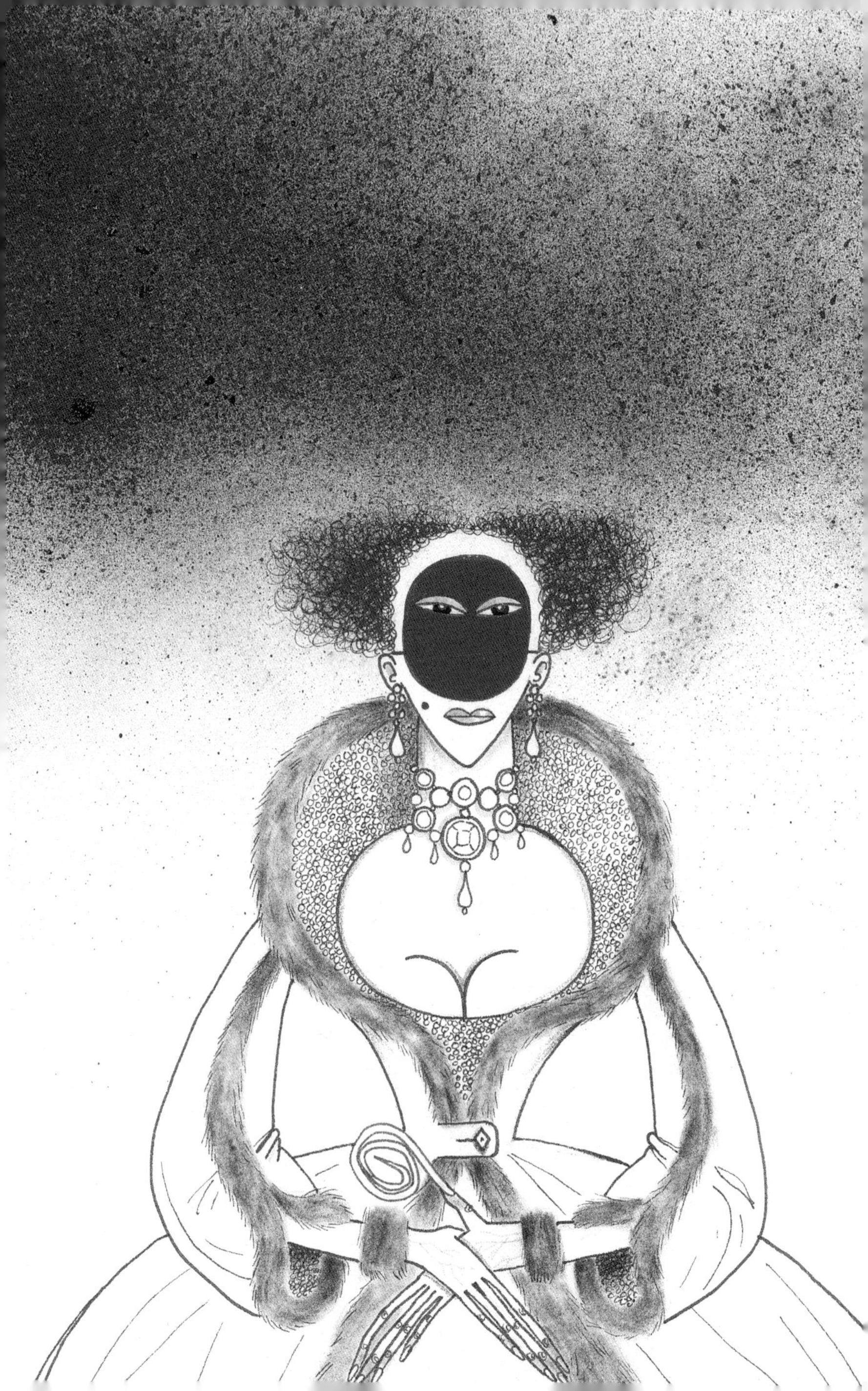

「わたくしの目はすべてを見通す。泣き言夫人とな！　そうか、そなたはわたくしの姉をそう名づけたのか。姉の継娘のことをどう思う？　美しい、そうだろう？　あの娘は生まれつき、熱い炎の性(しょう)をもっている。姉にいかに残酷な仕打ちを受けようとも、決して負けない自由な精神をもっている。父親である公爵が、子どものころの娘をなんと呼んでいたか、知っているか？　“ほくち(ティンダー)”と呼んでいたのだよ。ティンダーと。そう、彼女は、わたくしの姉の愛人である王子と結婚することになっている。なんという地獄が待っていることか」

「おれが軍隊を指揮できれば、彼女を救う戦いにおもむくのに」

「わたくしの目はすべてを見通す」

貴婦人の背後の垂木(たるき)から、青蠅(あおばえ)の群れが渦を巻いて飛んできた。黒い雲のような青蠅の群れは、椅子を二脚、おれたちのほうに押してくると、ふたたび上昇して、氷の丸天井をおおいつくした。たちまち部屋が暗くなる。

「すわれ」貴婦人はそう命じた。
　彼女自身も椅子にすわり、背もたれに寄りかかって、しばらくのあいだ、じっとおれを観察した。このぶんでは、おれが墓に入るときが早まりそうだ。貴婦人は背筋をのばして身をのりだした、顔がぐっと近づく。
「そなたはサファイヤーと寝たい。そうだな？」
「彼女を愛したいだけだ」
　貴婦人はくすくすとふくみ笑いをした。
　おれは恥ずかしくてうなだれた。おれは愛をかわすことよりも、ひとを殺すほうが得意なのだ。だがおれは、真実の想いをことばにした。いまのように先が見えない状況であろうと、そんなことは問題ではない。
「そうだ」おれはいった。「彼女を愛している」
　ナイフ爪の貴婦人の仮面を、仮面からのぞいている目をみつめる。青蠅のように黒く、つやつやした虫のようにきらめいている目に、赤い炎が燃えている。
「わたくしの目はすべてを見通す。そなたは彼女の美しさに気圧(けお)されて萎(な)えてしまうのを恐れている。彼女の名前をいえ、いまだ女を知らぬ兵士よ、彼女の名前をいえ」
　ナイフ爪の貴婦人の声が円形の部屋に響き渡る。
「こんな呪わしいところではいいたくない」おれは拒絶した。
「彼女の名前をいえ。さもなければ、彼女は決してそなたのものにはならぬ」
「サファイヤー」おれはついにその名を口にした。「サファイヤー」

第11章

ナイフ爪の貴婦人はおれの片手を取ると、両手で握りしめた。彼女の両手の爪がおれの手にくいこむ。おれは子どものようにわめいて暴れることもできたが、そんなことをしてもむだだとわかっていた。貴婦人はおれの手を引っぱって立たせた。恐るべき力の持ち主だ。歩きだした貴婦人に、やむなくついていく。ほかに選択肢はない。おれは彼女の寝室に連れていかれるのだと思った。

だが、いくつものドアを通って連れていかれた先は、ずらりとランタンが並んだ、あのアーチ形の通路だった。ランタンの鈍い明かりがちらちらと揺れる、ぬかるみのような薄闇のなかで、またもや、ランタンたちがしゃべる声が聞こえた。

「秘密を聞いた」

「嘘にせよ真にせよ、地獄よりもむごい」

ナイフ爪の貴婦人はわたしの手をぐいと引っぱった。「ぐずぐずするでない」

いままでにいったい幾人の旅人が、この城におびきよせられ、みずから墓穴を掘って死を招いたのだろう。

薄闇の襞のなかから、またランタンたちのおしゃべりが聞こえた。

「あんたにも聞こえるか？」おれは貴婦人に訊いた。

「あれはランタンどものつぶやきにすぎない。あのつぶやきが、そなたの心を濁流のようにかき乱しているのか？」

すきま風に負けじとばかりに、ランタンの灯芯が火花を散らした。

前方に、天井まである、がっしりした鉄の扉が立ちはだかっている。鉄格子の扉の向こうに、幅の広い石の階段が見える。上にではなく、下にのびている。地下に降りていく階段だ。

「怖いか？」貴婦人はようやくおれの手を放した。

「怖くないふりをするのは、道化ぐらいだろう」おれは答えた。

鉄の扉のそばの壁に、鍵と背嚢が掛かっていた。貴婦人はそれを両方とも手にとって、重さを量った。そして、いった。「これがそなたに望む、わたくしへのお返しだ。地下室から火打箱を取ってきてもらいたい。最後に降りたときに置き忘れてきたのだ」

もし貴婦人が星を連ねたくび飾りを取ってこいといったのなら、おれはそれほど驚かなかっただろう。貴婦人が取ってきてくれといった品があまりにもありふれたものだったために、それが引き金となって、おれのなかでなにかがはじけた。彼女を殺したくなったのだ。

「あんたは頭のおかしい魔女だ」おれはナイフを引き抜いて突きかかり、彼女のうしろ髪をつかんで、のけぞった彼女の喉にナイフの刃を当てた。「火打箱を取ってこいだと？　そんなつまらないものなら、二日前にいってくれれば、さっさと取ってきて、その足でここを出ていけたのに」

おれはナイフの刃を彼女の喉に押しつけたが、彼女は呻き声ひとつもらさなかった。

「ずいぶんあっさりいうではないか、兵士よ」貴婦人はナイフを押しやった。「わたくしを殺すのは、愛をかわすのと同じぐらい容易だ。しかし、この世には、真に容易なことなど、ひとつもない。わたくしのために、願いをきいてくれ、女を知らぬ兵士よ。そうすれば、そなたはサファイヤーをそなたのものにできる」

頭に昇った血がゆっくりと引いていった。冷静になると、選択肢はないとわかった。

貴婦人は背嚢をさしだした。

おれはこれがどんな役を果たすのだろうかと不審に思い、まじまじと背嚢をみつめた。

「よいか、よくお聞き。階段を降りていくと、小さな部屋がいくつかある。最初の部屋は銅貨でいっぱいだ。そして、そなたと同じぐらいの大きさの獣が番をしている。だが、恐れることはない。獣の胴体に巻いてあるベルトをはずしてやれば、獣は人間の男に変身する。そなたが望むのなら、この背嚢にほしいだけ銅貨を詰めこむがいい。二番目の部屋は銀貨でいっぱいで、樫(かし)の若木ぐらいの大きさの獣が番をしている。これも恐れる必要はない。ベルトをはずしてやれば、これまた人間の男に変身する。銅貨よりも銀貨のほうがいいなら、背嚢に銀貨を詰めこむがいい。だが、最後の、三番目の部屋は金貨で埋まっている。番をしているのは、巨大な獣だ。しかし、恐れることはない。ベルトをはずしてやれば、この獣も人間の男に変身する。そうすれば、そなたは運べるだけの金貨を背嚢に詰めこむがいい。だが、忘れずに、わたくしに火打箱を持ってきておくれ。わたくしのたのみはそれだけだ」

「そいつはどこにあるんだ？」

「三番目の部屋に。金貨に埋もれている」

「どういう趣向だ？　価値もないような品のために、なぜ、おれに莫大な報酬をくれるというんだ？　おれを墓場に行かせるための方便なのか？」

貴婦人はにんまりと笑った。寄生している木から樹液をしこたま吸いとったら、蔦(つた)もこんな笑みをうかべるだろう。

「知りすぎるのは身のためにならぬ。そなたが自由になれるかどうかは、その火打箱にかかっているのだ。火打箱を取ってきたならば、この鈴を鳴らせ。さすれば、扉を開けてやる」

「火打箱がみつからなかったら？」

「そのときは、そのときのこと」

　ナイフ爪の貴婦人は鉄格子の扉の鍵穴に鍵をさしこんだ。

「待ってくれ」おれは止めようとした。

　鍵穴にさしこまれた鍵がかちりと音をたてた。

「すべては骨と灰に」

　そういって去っていく貴婦人を、おれは茫然と見送った。彼女のことばだけが残り、空中にたゆたっている。

　通路を貴婦人が歩み去るにつれ、壁のランタンどもがささやいた。

「知りすぎるのは……身のためにならぬ……」

　そして、ランタンは順番に消えていった。

　おれはまっくらな闇のなかに取り残された。おれの墓ともなる地下への入り口に誘うべく、幅の広い階段が待ち受けている。明かりがなくてなにも見えない。指先に石の手すりが触れる。ブーツの踵（かかと）がいちばん上の段の縁を踏んでいる。おれは心の底から、この城に迷いこんだことを後悔した。

第12章

やっとのことで階段を降りきって、無事に石の床に立ったときには、頭のなかで、母親のことばが鳴り響いていた。
オットー、自分をたいせつにするんだよ。
“自分”というのは、おれのことだ。そして、いまのおれがたよりにできるのは、自分だけだ。
闇に目が馴れてきた。どうやら、ここは石造りの控えの間のようだ。地下なので、大理石の柱が天井である地面を支えている。二本の柱のあいだに大きな木の扉がある。両開きの扉はどちらも、蝶番からはずれかけている。扉板の裂け目から光が洩れている。
洞穴のような部屋には、無数の銅貨が山と谷をなしていた。その光景を見たとたん、息が詰まり、頭がくらくらした。夢のような光景だ。この金で、これまでとは異なる世界が手に入り、飲めや歌えのどんちゃん騒ぎができる。ナイフ爪の貴婦人の説明は、ずいぶんと控えめだった。ここには、これまでおれの脳裏をかすめもしなかった未来が詰まっているのだ。これだけの金があれば、おれは王子としてサファイヤーに求婚できるし、彼女を継母の公爵夫人と部下の追っ手たちから救ってやれる。それには、ここを生きて出ていかなければならない。
かがみこんで銅貨をすくい、指からすりぬけていく銅貨の重みを実感した。しかし、貴婦人がいっていた獣とやらは、いったいどこにいるのだろう？　見まわしてみても、そんなものはいない。おれは銅貨をつかみ、背嚢に入れようとした。

と、そのとき、銅貨の表面に、大きな狼の黄色い目が映った。銅貨を取り落とし、すばやく周囲を見まわすと、銅でできているかのような、一頭の狼が見えた。腰を落としてすわっているのに、おれの背丈と同じぐらいだ。

狼はぐっと頭をのけぞらして咆哮(ほうこう)を発した。銅貨の山がなだれをうって、おれの足もとに崩れてきた。狼は兵士の生首を前肢で押さえている。頸部をぐるりと囲っている白い襞襟(ひだえり)が、赤く血に染まっている。死んでもなお、その顔には驚愕の表情が刻まれている。

貴婦人のことばを嚙みしめながら、おれはそろそろと、用心深く狼に近づいていった。恐れることはない。ベルトをはずしてやり、ほしいだけ銅貨を背囊に詰めこめばいいのだ。

いや、そうは思うものの、恐怖で頭がしびれてしまう――狼に手を触れたとたん、骨まで肉を嚙み裂かれて、おれもまた驚愕の表情を浮かべたまま、襞襟の兵士の永遠の仲間になってしまうのではないだろうか。
「おれはオットー・フントビスという。おまえに害を加えるつもりはない」狼に話しかけながら、前に進む。
　近づくにつれ、狼がいっそう猛々（たけだけ）しく見えてくる。狼はがるると唸り、鋼鉄の牙をむいた。ベルトをはずさないうちにするどい牙に嚙み裂かれるのではないかと危惧しつつ、震える手をのばした。ベルトがするりとはずれたとき、おれは心底驚いた。うまくいったことが信じられず、つかんだベルトをまじまじとみつめてしまう。
　ちかちかと火が揺れたかと思うと、狼は消え失せ、そこには人間の男が立っていた。森のなかで何度も見た、あの男だ。灰色の長いマント、黄色の生気のない目、犬の毛のような黒い髪。
　男は彫像のように静かに、まばたきもせずに前を見ている。狼のがっしりした前肢で押さえられていた兵士の生首は、いまは手袋をはめた男の手からぶらさがっている。
　おれは一瞬たりともむだにはしなかった。ズボンやブーツの内側に、貴婦人に渡された背嚢に、おれの肩掛けかばんに、胴着のふところに、銅貨を詰めこめるだけ詰

めこんだ。報奨金でずっしりと重くなり、動かしにくくなった足で、銅貨の海からよたよたとぬけだして、おれは次の部屋に向かった。

二番目の部屋の扉はこわれていなかった。きちんと閉ざされていたが、扉と扉の合わせ目から、糸のように細い銀色の光が洩れていた。前の部屋では、大量の銅貨に圧倒され、こんな光景はふたつとないと思ったし、足もとにどでかい未来が横たわっている気がしたものだ。だが、二本の柱がアーチ形の天井を支えているこの部屋は、最初の部屋よりも広く、その広い部屋に、天井に届かんばかりに銀貨が山をなしている。これなら、王子をしのぐ金持になれる。なにも考えずに、おれはこのお宝を手にするために、銅貨をすべて放りだした。

頭のなかは夢というか、妄想でいっぱいだ。測りしれない可能性に酔いしれながら、おれは銀貨をすくいあげていたが、ふいにその手を止めた。樫(かし)の若木のように大きな獣はどこだ？　ぜったいに、銀貨の山のどこかに、大きな獣がいるはずだ。

と、雪のような白銀の毛におおわれた肢が見えた。銀貨の山になかば隠れるように、巨大な狼が丸くなって横たわっていた。氷のような淡青色(アイスブルー)の目が、じっとおれをみつめている。狼はあ

ごを開き、短剣ほどもある牙をむきだした。銀貨の山がまぶしくて、巨大な狼の毛並みが、どこからどこまでつづいているのか、よく見えない。

手から銀貨が落ちた。

狼に呼びかける。「おれはオットー・フントビス。おまえに害を加える気はない」

狼が咆哮し、銀貨の山が震えた。すかさず、おれは狼のベルトに手をのばした。ベルトはするりとほどけ、おれの手に移った。とたんに、狼の姿は消え、そこには明るい灰色の服をまとい、頭に銀色の髪をいただいた男が横たわっていた。白い手袋をはめた手には、あの兵士の金属鼻があった。

おれがすきっ腹をかかえて迷いこんだ森で焚き火をしていた、あのふたりの兵士の運命を推し量るのは容易だった。ふたりとも狼たちのごちそうになったにちがいない。変身した男を横目で見ながら、おれは一瞬たりともむだにしなかった。銅貨を放りだして軽くなっていた服やブーツに、しこたま銀貨を詰めこんだのだ。正直にいえばおれは

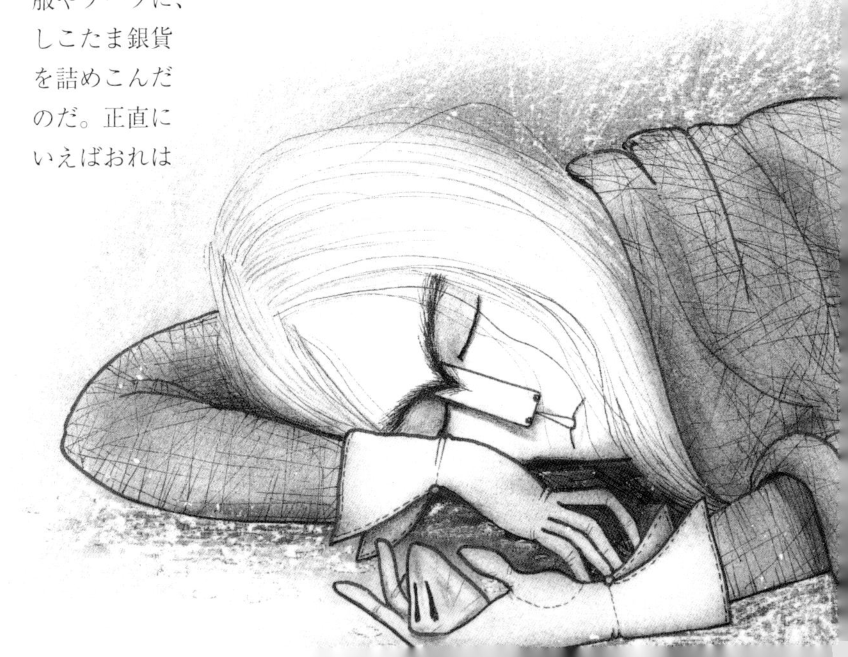

すっかり満足してしまい、火打箱のことさえなければ、このままここから引き返したい気分だった。

しかし、そうはいかず、やむなく三番目の部屋に向かった。三番目の部屋には、もう何年も誰も足を踏みいれていないようだ。木々の根がねじれてからみあって衝立(ついたて)となっている。その衝立のすきまというすきまから、まばゆい金色の光が洩れている。あらゆるキリスト教国のすべての蠟燭(ろうそく)がいっせいに灯されて、衝立の向こうに置いてあるかのようだ。

部屋に入ったとたん、なけなしの勇気など、どこかにいってしまい、激しい恐怖に襲われた。心臓が口までせりあがってきて、口中で躍りまくっている。なんとか呑みこんで胸に押しこもうとしたが、どうしてもうまくいかない。

これほど巨大な狼を呼びだせるのは、魔法使いか悪魔か？　その牙は槍の穂先のようにするどく、墓石のように大きい。毛並みは、彼が守護している宝と同じく、金色だ。

おれの体はどこもかしこも石と化してしまった。金色の輝きのなかでは価値が薄れるといわんばかりに、おれの胴着から銀貨がこぼれ落ちた。

狼の巨大な体は部屋じゅうを占め、三方の壁に囲われているも同然だ。そのためか、狼は大きな肩を丸め、頭をうなだれるようにして、両の前肢を入り口の両脇の柱さながらに立てている。狼もおれも、相手から逃げようにも逃げる空間がない。ベルトはじれったいほどすぐ目の前にあるのに、おれの手も腕も川辺の葦（あし）と化したかのようで、思うように動いてくれない。

おれは目を閉じると、思いきって突進し、ベルトを引っぱってほどいた。目を開けると、帝国を買えるほどの金貨の山は別として、部屋の中は広々としていた。

巨大な狼は姿を消し、かわりに、金色の目の男が立っていた。前のふたつの部屋にいたきょうだいのように、背の高さや体格は、おれと同じだ。男は静かに立っている。顔にはなんの表情もない。おれにさしだした手のひらには、火打箱がのっていた。

「ご主人さま」男はいった。「お望みのものはこれでございますか？」

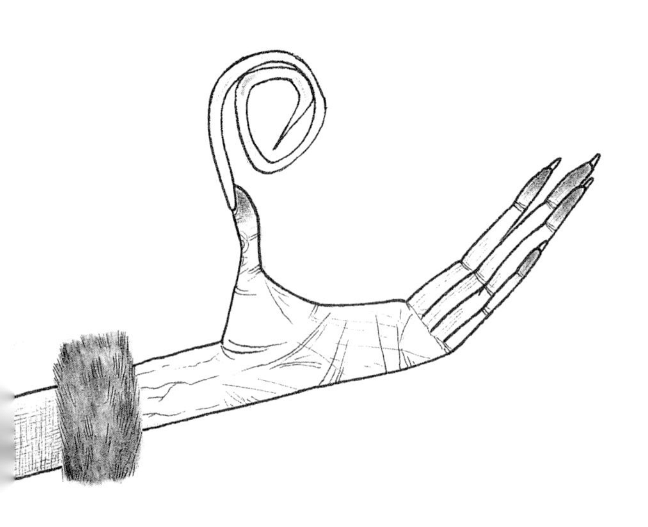

第13章

「そなたなら失敗しないと思っていたぞ、兵士よ」ナイフ爪の貴婦人は鉄の扉をしっかりと閉ざし、鉄の格子のあいだから左手をさしのべた。親指のくるくる丸まった長い爪が、いまにもしゅっと伸びてきそうだ。「それをわたくしに」

その顔には欲望がぎらついている。

彼女の手が届かないように、おれは階段を一段下に降りた。

「なんとした、兵士よ。わたくしが約束を守らないとでも？　そなたは帝国にも匹敵する軍資金を得たはずだ。そのお返しに、わたくしが望んだのは、火打箱ひとつきりだ」

「扉を開けてくれれば、火打箱はあんたのものだ」

貴婦人の手が引っこんだ。一瞬、おれは彼女が踵(きびす)を返して行ってしまうのではないかと危ぶんだが、次の瞬間、彼女の唐突な動きに驚いてとびあがったはずみで足を踏みはずし、さらに数段下に落ちてしまった。貴婦人は鍵穴に鍵をさしこんで回したのだ。

おれはしっかりと火打箱を握りしめた。確実に自由の身になるまでは、ぜったいに渡さない。

「なぜこれがほしいのか、教えてくれ」おれはいった。

貴婦人は鍵を回したが、扉を開けようとしない。

「そなたには関係のないことだ、女を知らぬ兵士よ。それを渡しなさい」

「自由になれたら、そのときはこれを渡す」

「もそっと近くへ」
鉄格子のあいだから火打箱のほうに、貴婦人の親指の指が長くのびてきた。おれはさっと身をかわした。背後から低い咆哮(ほうこう)と木が裂ける音がした。とっさに扉にとびつくと、ありがたいことに、扉が開いた。
火打箱は我がものと思ったのだろう、ナイフ爪の貴婦人は声をあげて笑った。
火打箱をひったくられそうになったが、おれはすばやく動いて、貴婦人の手の届かないところに逃げた。
貴婦人はおれにとびかかってきた。長い爪が火打箱の蓋をかすめ、いやな音をたてた。ナイフ爪が静かにじわじわと近づいてくる。
「殺せ！」貴婦人は金切り声をあげた。「殺せ！　こやつを殺せ！」
おれはおしゃべりをしているランタンどものなかで、声をはりあげた。「魔女め、おまえこそ死ね！」
ランタンどもが叫ぶ。「おまえこそ死ね！」
そして、ひとつ、またひとつとランタンの灯が消えていった。
おれは手探りで火打箱の鋼(はがね)の火打ち金をみつけ、火打ち石をはじいた。ぱっと火花が散り、ナイフ爪の貴婦人の赤く燃える目と、わなわなと震えている両手が見えた。だがそれも一瞬のことで、目と手以外はなにも見えなかった。
火打箱の火花が薄れていくなかで、おれは獣の毛が顔をかすめるのを感じた。そして、見た。激しい怒りの炎を宿した金色の目、がっしりした大きなあご、するどいかぎ爪……。
「やめろ、ちがう、わたくしではない！」ナイフ爪の貴婦人は絶叫した。
あっというまもなく、牙が皮膚を食い破り、骨から肉を噛みちぎる音がした。壁に樹液のように黒い血がどっと飛び散ったかと思うと、石の割れ目にすっと吸いこまれていった。

火打箱の火花が消えた。いきなり音が絶え、しんと静まりかえった闇のなかで、おれは衝撃のあまり立ちすくんでいた。

と、次々にランタンがまた灯りはじめた。目の前の床には、糸の切れたあやつり人形が横たわっている。血の海に、嚙み切られた生首がころがり、片手がまっすぐに上を向いて立っている。親指の長い爪は丸まっている。狼はがつがつと貴婦人の骸を喰らいつくした。

胃がでんぐりがえり、おれは吐いた。

火打箱など、二度と見たくない。これは悪魔がこしらえたあやかしの箱だ。おれは火打箱を力いっぱい床にたたきつけた。火打箱はこわれてばらばらになった。

おれは走らなかった。肩掛けかばんと背嚢が重くて、走ろうにも走れないのだ。よたよたと、少しずつその場から遠ざかっていると、大地が揺れ、石壁が脈打ちはじめた。心の眼に、あの巨大な金色の目の狼が、子どもが組み立てた木っ端の建物さながらに、城の土台を揺らしているのが見えた。ホールまで行くと、ありとあらゆる木材がいっせいにきしんで奏でる、壮大な調べに迎えられた。大地が木の城に、根こそぎ倒れろと呼びかけている。青蠅の群れがぶんぶん羽音をたてて飛びまわり、ホール全体が歌っているようだ。

外界に通じる両開きの大きな正面扉を開ける。薄い羽をはたはたと羽ばたかせ、帯状の黒い布が空にたなびくように群れている青蠅たちをお供に、おれは骨まで凍るような外気のなかに出た。

寒気のなかをよたよたと歩きつづける。とうてい受け容れられないようなことがつづけざまに起こり、頭のなかはぐちゃぐちゃに乱れていたが、一歩一歩、雪を踏みしめて歩いていると、少しずつ気持がおちついてきた。私道から轍の小道に出る曲がり角にたどりつくと、おれはようやく立ちどまってふりかえった。畏れをもって目の前の光景をみつめる。

木の城が崩れはじめていた。柱が倒れ、梁が地面にたたきつけられて火花を散らす。そこから若木が生え、崩れた城は若い樹木に囲まれていく。空は黒雲のような青蠅の群れにおおわれ、唐突に夜空と化した。

第14章

これはどういう森なんだろう。魔女やら人狼やらを見たあとなので、いまにも悪魔や悪鬼に引き止められそうな気がしてならない。やみくもに歩いていこうとするのを嘲(あざけ)るような積雪に、足がずぶずぶと沈みこむ。おれはマントを城に置いてきてしまったのを呪い、ずきずきとうずく傷を呪った。肩にくいこむ背嚢(はいのう)と肩掛けかばんの重さを呪った。きっと、どちらにも、愚かな空想の産物である石ころが詰まっているにちがいない。太陽はずっと前から、少しも動いていないようだ。というより、顔も見せないまま、空を雲に明け渡してしまった。おれの頭のなかは、ナイフ爪の貴婦人のことでいっぱいだった。

午後もなかばを過ぎたころだろう、ようやく木々が途切れた。目の前に、地面が断ち切られた箇所があった。もうくたくただ。崖っぷちで、おれは立ちどまった。

ここなら安全だと思い、背嚢の中をあらためることにした。背嚢の垂れ蓋を開けたとたん、おれは自分の目を疑った。まっ先に目に入ったのが、あの火打箱だったからだ。投げ捨てたはずではなかったか？　石の床に落ちて、ばらばらにこわれたはずではなかったか？　いや、記憶があいまいになっているにちがいない。なぜなら、火打箱が、このわけのわからない、いまいましいしろものが、いまここにこうしてあるのだから。

おれは火打箱を取りだして、崖から投げ捨てた。火打箱は岩にあたって砕けた。

金貨は石ころではなかった。背嚢の底の底まで金貨が詰まっているのを見て、足がガくがくした。おれは地面にひっくりかえり、大笑いした。略奪軍よりも、おれは金持だ。さあ、どうする？

肩掛けかばんの中には、金貨のほかに、例のサイコロがあった。これがおれの問いに答えてくれた。ジャックが四個とエースが一個。南へ行けということだ。

おれは背嚢を背負い、肩掛けかばんをさげて、ふたたび歩きだした。重くて肩が痛いが、それをがまんするだけの価値があると自分にいいきかせる。凍死してしまう前に、町か村がみつかれば、おれはそこでいちばんのお大尽さまになるだろう。サファイヤーのことを考えると、重さも痛さも忘れてしまった。

やがて四つ辻にさしかかり、どちらが南か迷っていると、馬車が一台、のろのろとやってくる音が聞こえた。降りしきる雪のなかから、幻のように馬がぼうっと現われた。その背後にあるはずの馬車は雪の幕に隠れて、まだ見えない。御者もまた、幻さながらだった。口にくわえたパイプの火が、うつろな目を照らしている。おれは、世間のほうが車輪にのってやってきたのだと思った。ここから連れだしてくれる馬車を御しているのなら、御者が悪魔の化身であっても、いっこうにかまわない。

「すみませんが、乗せていってもらえませんか？」おれはていねいにたのんだ。

「停めるわけにはいかねえんだ」御者はどなった。「いったん馬車を停めたら最後、老いぼれ馬のナンは、もう二度と動かなくなっちまうからな。けど、おまえさんが跳び乗ってくるんなら、かまわねえぜ」

おれはありったけの力をふりしぼって、馬車の後部ステップに跳びのった。深鍋や浅鍋が教会の鐘のような音をたてた。なんとかステップを這いのぼって幌(ほろ)をめくり、かびくさい薄闇に頭からころがりこむ。

そのはずみで、頭が小さな布靴と小さな手をかすめた。木の床に寝ころがったまま、馬車の中を見まわす。頭上には、みすぼらしい古びたあやつり人形がずらりと並び、馬車の揺れに合わせて踊っている。あやつり人形たちは醜い顔に好意的な笑みを浮かべて、おれを見おろしている。薄闇のなかで、人形たちの目がまたたくように光り、木の歯がかちかち鳴っている。ゆらゆら揺れている木製の旅の仲間にさわらないように気をつけて、おれは御者台に向かい、御者の隣にすわった。

「今日は森なんぞをうろつくにはむかない日和（ひより）だぜ」御者はいった。「どこに行くんだ？」

「あんたが行くところに。おれにとっちゃ、どこでもおんなじことなんだ」
「なら、次の町までだな。おまえさん、なんて名だ？」
「オットー・フントビス。で、あんたは？」
「わしは詩人で、できそこないの紳士だ」
「あのあやつり人形はあんたのかい？」
「ああ。なんの因果か、あやしげな人形芝居をやってるのさ」
人形遣いの親方はシュナップスがたっぷり入った瓶をよこした。ありがたいことに、酒が熱い火となって喉を通る。おれと御者は仲間めいた、気のおけない沈黙にひたった。凍った道を用心深く進んでいく馬の歩調に身をゆだね、夕暮れの青い光に染まった雪のなかを、ゆっくりと森から遠ざかっていく。
しかし、闇はまだおれにまとわりついている。耳のなかで、風のようにざわざわとなにかが語りかけてくる。
“ご主人さま、なにをお望みですか？”
おれの望みはなんだろう？
炎のように赤い髪の娘をみつけ、その娘と愛しあうことだ。彼女の心を射止めることだ。
道のわきにおそろしく大きな岩がでんといすわっていた。すでに陽は落ちてしまったため、岩の陰はひどく暗く、馬車は女巨人の雪まみれのスカートの下を通っているかのようだ。
「わしらには幸運の女神がついてるな」親方はそういった。「ちっと遅かったら、道を通れねえところだった」
親方の声が、岩にぶつかってこだまする。岩の向こうの空には月が低くかかり、反対側の空には丘の連なりがやさしいシルエットを見せている。曲がりくねった道の先、谷から流れてくる川の土手に、町の防壁が建っている。防壁の向こう、夜が迫っていることを知らせる藍(あい)色に染まった空を背景に、尖塔や小塔、大きな塔が黒く見えている。

「ここはどこだい？」ここなら安全だという思いで、おれは胸の高ぶりを抑えきれずに訊いた。
　親方の返事は、駆けてくる多数の蹄（ひづめ）の音に消された。ふりむくと、大人数の狩りの一行が近づいてくるのが見えた。なかでも、見るからにすばらしい馬に乗っているのは、毛皮の外套にくるまった貴族だ。寒気のせいか、顔がこわばっている。体じゅうからぷんぷんと富のにおいがする。従者たちが近づいてきて、わきによけろと命じた。
　親方は帽子を取り、手綱を引いて、渋るナンを停止させた。目の前を行列が通過していく。行列の後方には、乗り手のない馬が一頭、兵士たちに引かれていた。鞍（くら）に乗っているのは、血まみれのずだ袋だ。ずだ袋から、腕が一本と、めった切りにされた脚が一本、はみだしている。
「見たかい？」おれは親方に訊いた。「馬の背にのっけられてたもの、見たかい？」
　親方はおれの質問が聞こえなかったふりをすることにしたらしく、懸命に老いた駄馬をなだめていた。
「あのお貴族さまは誰だ？」
　親方は肩をすくめた。
「ここは誰の領地なんだい？」
「目に見えるところも、見えないところもみんな、公爵さまのものだ」
「公爵さまに娘ごはいるか？」
「娘ごがひとりと、息子さまが三人、おられた」
「おられた？　みんな死んじまったのか？」
「息子さまがたは公爵さまのご用でケルンに行かれたきり、いまだにもどっておいでにならねえ。そういう噂だ。なにがあったのか、誰も知らねえ」

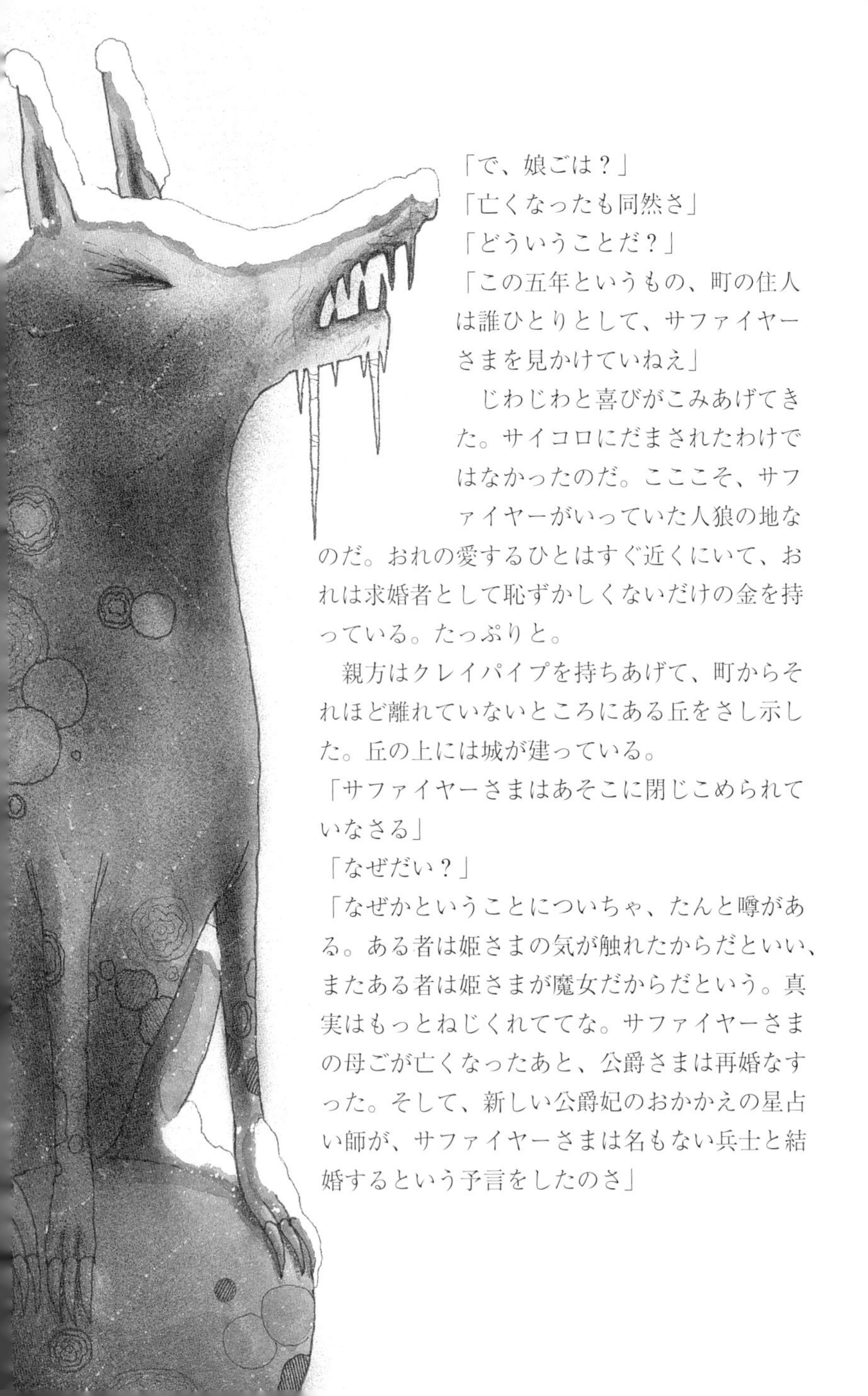

「で、娘ごは？」
「亡くなったも同然さ」
「どういうことだ？」
「この五年というもの、町の住人は誰ひとりとして、サファイヤーさまを見かけていねえ」

じわじわと喜びがこみあげてきた。サイコロにだまされたわけではなかったのだ。ここここそ、サファイヤーがいっていた人狼の地なのだ。おれの愛するひとはすぐ近くにいて、おれは求婚者として恥ずかしくないだけの金を持っている。たっぷりと。

親方はクレイパイプを持ちあげて、町からそれほど離れていないところにある丘をさし示した。丘の上には城が建っている。

「サファイヤーさまはあそこに閉じこめられていなさる」
「なぜだい？」
「なぜかということについちゃ、たんと噂がある。ある者は姫さまの気が触れたからだといい、またある者は姫さまが魔女だからだという。真実はもっとねじくれててな。サファイヤーさまの母ごが亡くなったあと、公爵さまは再婚なすった。そして、新しい公爵妃のおかかえの星占い師が、サファイヤーさまは名もない兵士と結婚するという予言をしたのさ」

「たったそれだけの理由で、閉じこめられているのかい？」
「おまえさんはここいらの人たちのことをなにも知らねえ。だから、彼らの慣習や風習の善し悪しを安易に判断してはいかん」親方はいった。「もうなにも訊くんじゃねえぞ。そして、この町にねぐらがあることをありがたく思うこった。おまえさんは森から離れたかった。そうだろ？」
　おれはこっくりとうなずいた。
「で、あの町がみつかったわけだ」
　馬屋と干し草が近いことを感じとったのか、老馬は速度をあげた。
　親方がいった。「夜警になにかいわれても、おまえさんは黙ってな。この町じゃ、よそもんは歓迎されんのだ。なにか訊かれたら、わしの友人だといっとく」
　馬車が凍った川に架かった屋根つきの橋にさしかかったとき、町の時鐘が鳴りだし、夜の帳が下りたことを告げた。ナンの蹄が木の橋板を打ち、戦場の太鼓のような音を響かせるなか、おれも親方も黙りこくっていた。防壁の門の両側にはそれぞれ狼の石像があり、町を警護している。
　その日、町に入ったのは、おれたちが最後

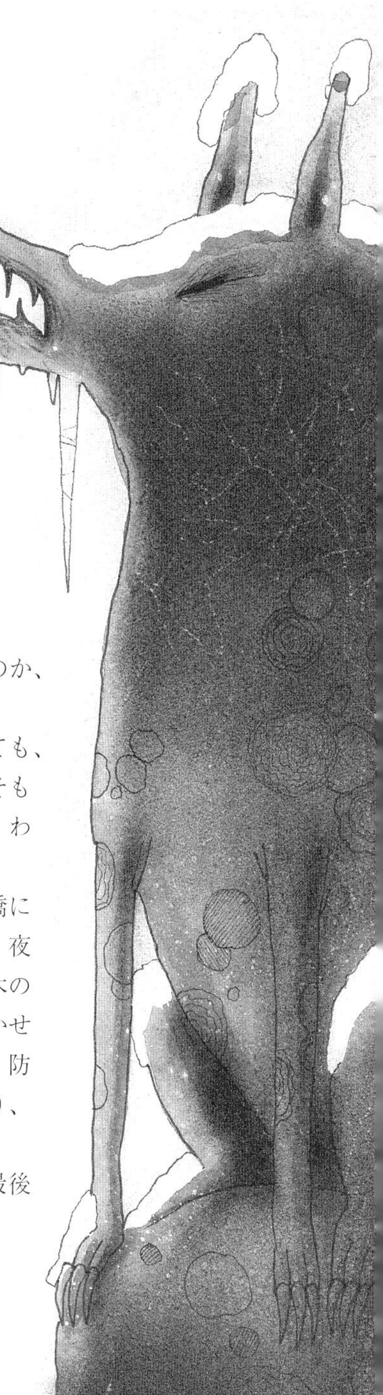

となった。なんの質問もされずに町に入れてもらえた。門はおれたちの背後で閉じられ、かんぬきがかけられた。

町の防壁の内側は、さぞにぎわっているだろうと思っていた。だが、町は暗く、どの家のドアも固く閉ざされ、窓の向こうに蠟燭の灯ひとつ見えず、千鳥足の酔っぱらいもいない。ネズミさえちょこちょこと走り去り、まるで町全体が巨大なベッドで、住人全員がそのベッドですやすやと眠っているかのようだ。

「みんな、どこにいるんだい？」

「この町の衆は、日が暮れたら外をほっつき歩いたりしねえんだ」

「なにを怖がってるのかな？　荒くれの傭兵たちか？」

「そんなんじゃねえ。戦はここまで広がってきてねえ。この五年間は、な。町の衆が畏れているものが、ぜったいに戦を寄せつけねえのさ」

「ちっともわからない」

おれはそういったが、じつはわかっていた。

■創元推理文庫

本能寺遊戯（ゲーム）

高井 忍　820円

歴史雑誌に新説を発表し、豪華景品をゲットするのだ！　日本史好きの女子高校生三人組が、本能寺の変や大奥の謎に迫る。気鋭が贈る、歴史蘊蓄に溢れる傑作短編集、文庫化。

紅玉（ルビー）は終わりにして始まり　時間旅行者（タイムトラベラー）の系譜

ケルスティン・ギア／遠山明子 訳　980円

思いがけずタイムトラベラーになったグウェンドリン。相棒のギデオンは気絶するくらいステキだけど、自信過剰でイヤな奴。ドイツで大人気のタイムトラベル・ファンタジー。

■創元SF文庫

【ヒューゴー賞・ネビュラ賞・ローカス賞・英国SF協会賞・クラーク賞・英国幻想文学大賞・キッチーズ賞受賞】

叛逆航路

アン・レッキー／赤尾秀子 訳　1300円

宇宙戦艦のAI人格だったブレクは裏切りによりすべてを失った。ただ一人の生体兵器として生き延びた彼女は復讐を誓う。『ニューロマンサー』を超える七冠の本格宇宙SF！

殺人者たちの王

『さよなら、シリアルキラー』続編

バリー・ライガ　満園真木＝訳

〈ゲームへようこそ、ジャスパー〉

【創元推理文庫】1340円

ニューヨークで起きている連続殺人の捜査を、手伝うはめになったジャズ。だが事件を調べるうちに、故郷で起きたものまね師事件との繋がりに気づく。さらに死体には謎のメッセージが……。

〈東欧のボルヘス〉による、愛おしくも奇妙奇天烈な物語

12人の蒐集家／ティーショップ

ゾラン・ジヴコヴィッチ　山田順子＝訳

【海外文学セレクション】四六判上製・1600円

皆さんの中で何かを集めている方がいても、ここに登場する蒐集家に共感することはまず無理でしょう――「もの」だけでなく、そこに付随する時間、記憶すらも貪欲に蒐集するひとびとの物語。

第15章

町には宿屋(イン)が一軒と、それより格が落ちる旅籠(タヴアーン)が数軒あった。おれはたっぷり金を持っているので、その気になれば、いちばん高い宿に泊まることができる。
親方は一軒しかない宿屋に連れていってくれた。
「有り金とおさらばしたいんなら、この〈黒い鷺(さぎ)〉がうってつけだあね」
おれは親方の厚意に感謝して、金貨を一枚さしだした。親方はなにもいわずにそれを受けとった。親方が行ってしまうと、おれは宿屋の呼び鈴を鳴らし、ドアを強くノックした。やがて、炙(あぶ)られた焼き肉のような顔の、喉まで汚いことばが出かかっているような男がドアを開けた。
「泊まるんなら、あんたのとこがいちばんだといわれたんだ」おれはそういった。
「誰にいわれた？」
「人形芝居の親方に」
宿屋の亭主はなにやらもごもごとつぶやいた。親方とおれとを根無し草のはぐれ者とののしったようだ。
亭主はおれを文無しだとみなしているだろうが、どっこい、亭主の鼻先には、ひと粒の種からでっかい収穫を得ることができる幸運がぶらさがっているのだ。
なにも知らない亭主はドアをばたんと閉めようとした。おれはすかさずブーツの爪先をこじいれて、ドアが閉まるのをふせいだ。
「おれたちゃよそもんは好かん」亭主はおれのぼろ同然の服をじろじろと見た。
「おれはよそもん扱いされるのは好きじゃない」
そういって、おれは亭主に金貨を一枚さしだした。亭主は金貨をためつすがめつして、うーんと唸りつつ、すばやく胸算用をしたようだ。そして、その一枚の金貨がおれの全財産だとみなしたらしい。
「空き部屋はないんだ。いちばん上等のつづき部屋しか空いてない」亭主はもったいぶってそういうと、げらげらと笑った。「あいにくだが、つづき部屋は貧しい兵隊さんにゃふつりあいさね」
おれは肩掛けかばんから財布を取りだした。そして財布に入っている数枚の金貨を亭主に見せつけた。
亭主の目が大きくみひらかれ、いまにも眼窩(がんか)からこぼれ落ちそうになった。ドアがさっと開かれ、ようやくおれは中に入れてもらえた。おれを招じいれながら、亭主は大声で女房を呼んだ。
「何日ほど泊まるんかね？」亭主は訊いた。
「いまのところ決めていない。気まぐれがつづくあいだは泊まることにする」
茶しぶで染まった歯にはさまっていたものを吸いこむと、亭主は声音(こわね)と口調をあらためた。
「だんなは、貧しい民に身をやつして旅をなすっている紳士でがすな。でしゃばったいいかたで恐れ入りやすが、じつにご賢明なこって」おれの出生や身分を看破(かんぱ)したといわんばかりに、亭主はうやうやしくおじぎをした。「だんなの秘密は固く守りますでがす」
焼き肉顔のとんちき亭主が、なにをどう考えたのか、おれにはわからない。だが、つづき部屋に入れるのなら、それはどうでもいい。そういえば、おれの大尉がいつもこういっていた——金(かね)はすべてを変え

る、と。
　確かに、金貨を数枚見せただけで、口の悪い、貪欲な顔つきの亭主は、手のひらを返したように、口のうまい、愛想良しに豹変した。だが、大尉がじっさいに金貨を二枚も持っていたことはなかったので、現実に金がすべてを変えるところを、おれが目の当たりにしたのは、これが初めてだった。
「こちらへ」亭主は蠟燭を手に、おれを二階に案内した。床板がでこぼこしていることをあやまり、足もとに気をつけるよう、くりかえし注意した。いったん声音と口調が変わってからは、亭主は陽気にしゃべりまくった。
　つづき部屋は広々としていたが、掃除がいきとどいてなくて、薄く埃が積もっていた。
　宿屋のおかみはずんぐりした体つきにもかかわらず、せいいっぱいあたふたとやってきた。おれが泊まることになったために、おかみはあわてて寝床から起きあがり、体についた藁屑をはたき落としてきたのだろう。
　太ったおかみのうしろから、抱えたリネンの山につぶされそうになりながら、やせた少女がよろよろとついてくる。リネンの山をおろす少女を見て、この子は顔から壁にぶつかったせいで、こんなにも平べったい顔になったのだろうかと、いぶかしく思った。
　窓のそばに立って外を見ていると、亭主とおかみはたがいに相手の落ち度をあげつらいはじめた。
「だんなが今夜お着きになることぐらい、わかってたはずだよ」おかみはいった。
「なんでだ？」
「そういったじゃないか。あたしの血がそう感じたんだよ」
「おまえの血のお告げなんぞを信じて、全部の部屋を掃除してたら、さぞ汗だくになっちまったことだろうよ」
　夫婦がたがいに相手をやりこめようと躍起になっているようすが、おれにはおもしろかった。
　夫婦が角を突きあわせているあいだに、平べったい顔のメイドがひとりでもくもくと、おおかたの仕事をやっていたが、おかみは亭主といいあいをしながらも、ときどきメイドの耳をぎゅっとつねりあげていた。
　その見世物が終わり、彼らの満足のいく支度ができると、よく眠れるように、悪魔に悩まされないようにと、口々にいいながら、三人は部屋を出ていった。
　ひとりになったおれは服をぬぐと、笑いながら胴着やブーツをひっくり返して金貨を取りだし、急いで肩掛けかばんの中に詰めこんだ。次に背嚢（はいのう）を手にして、口の紐をしっかり結んであることを確かめてから、ベッドの下に押しこんだ。

　運ばれてきた料理とワインをたいらげると、おれは甘い匂いのするシーツのあいだにすべりこんだ。炉床では火がぱちぱちとはぜている。おれは気持のいい贅沢さに身をゆだねた。
「これは」おれは蠟燭を消す前に、つぶやいた。「これは始まりにすぎない」

戦場の権利を我がものとすべく、おれは略奪に走っている。
どの通りにも、生きている者はひとりもいない。燃えている建物のあいだに、男や女や子どもの焼け焦げた死体がころがっているだけだ。
おれの母親と父親がいる。ふたりとも体に火がついているが、炎につつまれても、まったく平気なようすだ。手をつないで歩いている。父親がおれに訊く。
「せがれよ、火打箱を持ってるかい？　わしらには火をつける道具が要(い)るんだよ」

第16章

宿の部屋からは広場が見えた。広場には市が立っている。窓の鎧戸を開けて、おれは市場を見おろした。商品を並べている露店の店主たちや、清潔な白いエプロンをかけ、きちんと髪をまとめた若い女たちを眺める。焼き栗の匂いや、ジンジャーブレッドの甘い匂いが冷たい外気を温めている。にぎやかな市場の喧噪に気持がなごむ。戦いなどどこにもない──それが信じられる気がする。今朝のこの光景を見れば、世は平穏だと思える。

遠くに、町の上方にそびえている城の尖塔がいくつも見える。おれはサファイヤーの近くに来たことを実感すると同時に、もどかしくていらだつ思いに駆られた。

服を着ていると、床になにかが当たる音がした。部屋の中を見まわす。どこにも妙なものはない。つづいて、むきだしの床板の上をなにかが引きずられていく音が聞こえた。音はベッドの下から聞こえてくる。ネズミかなとつぶやきながら、おれは背嚢が安全かどうか確かめようとかがみこんだ。次の瞬間、目にしたものに心臓が停まりそうなほど驚いてとびすさった。あの火打箱があったのだ。

火打箱を見たとたん、閃光のように記憶がよみがえった。椅子、窓、ベッド、暖炉の火、ナイフ爪の貴婦人、嚙み裂かれた死体、血だまりにころがった生首が、次々と目に浮かぶ。額に汗が噴きだした。そしていま初めて、心ならずもナイフ爪の貴婦人を殺したのは、このおれではないかという疑問が湧いてきた。自分が殺したのに、残忍な所業を狼たちのせいにしているだけではないのか。

戦場から帰った男が眠っている妻を殺した、という話をよく聞いた。

男には妻を殺す気など毛頭なかったし、自分がなにをしているかという自覚もなかった。しかも、凶行のあいだの記憶がいっさいないという。

　おれは、ほしくもない品がいきなり出現したことに、なんとか筋道の立った説明をつけようとした。崖から投げ落とした火打箱がこわれたのを、見たはずじゃないか？　いや、ひょっとすると、そうだと思いこんだだけなのかもしれない。それはともかく、こんなものはできるだけ早く始末したほうがいい。噛みつかれるのではないかと、なかば本気で怯えつつ、震える手で火打箱を取りあげ、魔女の呪いのしろものを暖炉の火に投げこんだ。火打箱は音をたてて薪の上に落ちた。そして、たちまち、炎が煙突にまで達するほど高く燃えあがり、火打箱はその炎に呑みこまれた。

　息をしろ。おれは自分にいいきかせた。息をしろ。

　火打箱が燃えつきて、灰になっていくのを見守っているうちに、気持もおちついてきた。火かき棒を火の中に突っこんで、火打箱が完全に灰になったのを二度も確かめた。影も形もなくなったのを確認すると、おれは悪夢は終わったとつぶやいた。そして宿の亭主を呼んだ。

　亭主はぜいぜいと息を切らし、エプロンの紐を結びながらやってきた。おれは朝食をたのむ、食ったら出かけるといった。

「こんなに早く？」亭主は訊きかえした。

　痰を切るような咳払いをすると、亭主は勝手ながら、金商人を連れてくるように、メイドのマリーを使いに出したといった。
「金商人？」
「へえ、さようで。この町の商人どもの目がくらんでしまわないように、金貨を何枚か、もっと使いやすい硬貨に両替なさりたいのではないかと思いやして」
　亭主のいうことももっともだ。
「それから、仕立屋と床屋も呼びやした」
　そういわれて、窓に映る自分の姿を見なかったら、そんなものに用はないと断ってしまうところだった。窓に映った、長くのびた髪も髭もぼさぼさの、野の獣のような顔がおれを見返していたのだ。亭主は図星を突いてきた。サファイヤーの手を取らせていただきたいと申してるときに、公爵にいい印象を与えたいのならば、少なくとも、貴族さながらに装うべきだ。自分のみすぼらしい姿と亭主の勝手な判断を秤にかけるまでもなく、おれは亭主の勧めを受け容れることにした。
　おかみがビールの入った水差しとハムの皿を持ってきた。おかみが出ていき、ひとりになったおれは朝食をとった。食い終わって、目を閉じると、別れたときのサファイヤーの顔が脳裏をよぎる。
　と、そのとき、それを感じた——うなじに氷のように冷たい息がかかるのを。
「ご主人さま、なにをお望みですか？」ささやきが聞こえた。
　例の黄色い目が見えるものと思い、おれはナイフをつかんで荒々しくふりむいた。
「誰かいるのか？」大声で叫ぶと、宿屋のおかみがどたどたと走ってきた。
　おれはなんでもない、だいじょうぶだといっておかみをなだめ、閉めたドアにもたれかかり、階段を降りていくおかみの重い足音を聞いていた。

そのあと、まるで子どものように、あれは白昼夢だったのだと自分にいいきかせたくて、カーテンの陰を見たりした。もう一度、ベッドの下をのぞき、背嚢を引っぱりだした。またもや火口箱を目にすることになるのではないかとなかば覚悟して、おそるおそる蓋を開けた。しかし、入っているのは金貨だけだとわかったときには、心の底からほっとした。金貨をふたつかみ取りだしてテーブルの上に置いてから、背嚢をベッドの下にもどした。

金商人を見たおれは、９歳のときに捕まえたケナガイタチを思い出した。この男も、小さなするどい目と、ぴくぴくうごめく鼻の持ち主だった。さんざん虫の餌食(えじき)になったとおぼしいマントには、火のすぐそばで暖をとったのが一目瞭然という、焼け焦げもたくさんあった。男はアルベルト・クレムパルと名のった。

おれはじっとクレムパルをみつめた。

クレムパルはふんふんと空気を嗅ぎ、本能に突き動かされたように獲物を嗅ぎあてて、テーブルに目を向けた。テーブルの金貨を見ると、小さな目に貪欲な光が宿った。

「さて、どうするね？」おれは訊いた。

クレムパルは片眼鏡を取りだして右の目に近づけた。小さな目が怖いほど大きく見える。盛大にぴくぴくと鼻をうごめかし、すべての金貨の裏表を確かめると、紙きれに数字を書きつけた。

ひと財産ともいえる金額だ。値引き交渉もなく、どうしてその金額なのかという説明もなく、取引は成立した。魔法にかかったように、数枚の金貨が大量の硬貨に形を変えた。

次に仕立屋がやってきた。徒弟をふたり連れている。徒弟はふたりがかりで大きなトランクを運んできた。トランクの中には、上等な胴着(ダブレット)やタイツがぎっしり詰まっていた。騎士の装いだ。貧相な兵士が美々しい仮装をすることになる。

仕立屋は自負をこめて、胴着などはすぐさま寸法をおれに合わせて縫い直し、服そのものは自分の手で仕立てるといった。

数々の絢爛（けんらん）たる織物生地に、おれはすっかり目を奪われ、たちまち衣装道楽に溺れてしまった。何枚もの生地が広げられ、織物の嵐が吹きまくった。生まれてこのかた、この歳（とし）になるまで着てきた服の数をはるかに上回る数の服を注文しようと、あれこれと生地を指さすたびに、仕立屋の親方とふたりの徒弟は部屋じゅうをすっとんでまわった。

次にやってきたのは床屋だった。床屋はおれの髪がたっぷりあることを褒めそやし、今季、宮廷では巻き毛がすたれつつあるといい、あらゆる角度から質問をして、おれの髪型を決めようとした。

だんなはオランダ人ですかい、フランス人ですかい？

威厳のある紳士はいかめしい風貌に見えるのがお好みだが、だんなはざっくばらんな感じがお好きか、それとも、つつましい感じがお好きか？

洗面器と喉切りにうってつけの剃刀（かみそり）とを持って、床屋が帰っていったあとも、おれの手元にはたっぷりと金が残っていた。

床屋が帰ってからそれほど時間がたたないうちに、靴職人がやってきて、おれの足の寸法を採った。仕立屋とはすでに話がすんでいるという。仕立屋の親方は、おれの服装全般を仕切っているのだ。

靴職人が帰ると、おれはもうこれで終わりだと思った。が、それはまちがっていた。

今度は小間物商が息せききってやってきたのだ。シャツ、上等な靴下、亜麻糸で織った薄い布地でこしらえた襞襟（ひだえり）、どんな鳥のものでもなさそうな羽根を飾りにつけた帽子。こういうけばけばしい飾りに限度というものはないのだろうか？　ようやく双方の意見がまとまり、小間物商はぺこぺこおじぎをして帰っていった。

　ひとやすみして気力をとりもどそうと椅子に腰をおろしかけたときに、ふとテーブルを見ると、そこにあれがあった。火に炙(あぶ)られた形跡すらない。燃えつきて灰になったはずではなかったか？　あの火打箱がそこにあるのは、いかなる悪魔の軍団のしわざなのだ？　なぜだ？

　どうしてだ？

第17章

　これは悪魔の玩具だ。これまでに三度、火打箱を始末したのに、三度とも傷ひとつない形で、きっちりとおれのもとにもどってきた。

　なんということだ。おれには幸運の女神がほほえみかけているというべきなのだろう。こんな珍しいお宝を発見できる者が、この世に何人いるというのだ？　だが、おれにとって、このみすぼらしい火打箱は、気を滅入らせるだけだ。おれはゆるんだ床板を持ちあげて、そこに火打箱を隠した。どうしても始末できないのなら、床下に隠してしまえば、少なくとも、目にしなくてすむ。しかし、床板のその箇所の上にだけ冷気が立ち昇っているのに気づき、おれは不安になった。

　新しい衣服一式ができあがってくるまで、たったひとりでその部屋にとどまっているのが耐えられなくなった。おれはサファイヤーに出会う方法をみつけるために、外に出てみることにした。おれが手にした大金は、サファイヤーを公爵の牢獄から救出するためにこそ使うべきではないか？

　肩掛けかばんを斜めに掛け、くびにマフラーを巻き、帽子を目深（まぶか）に

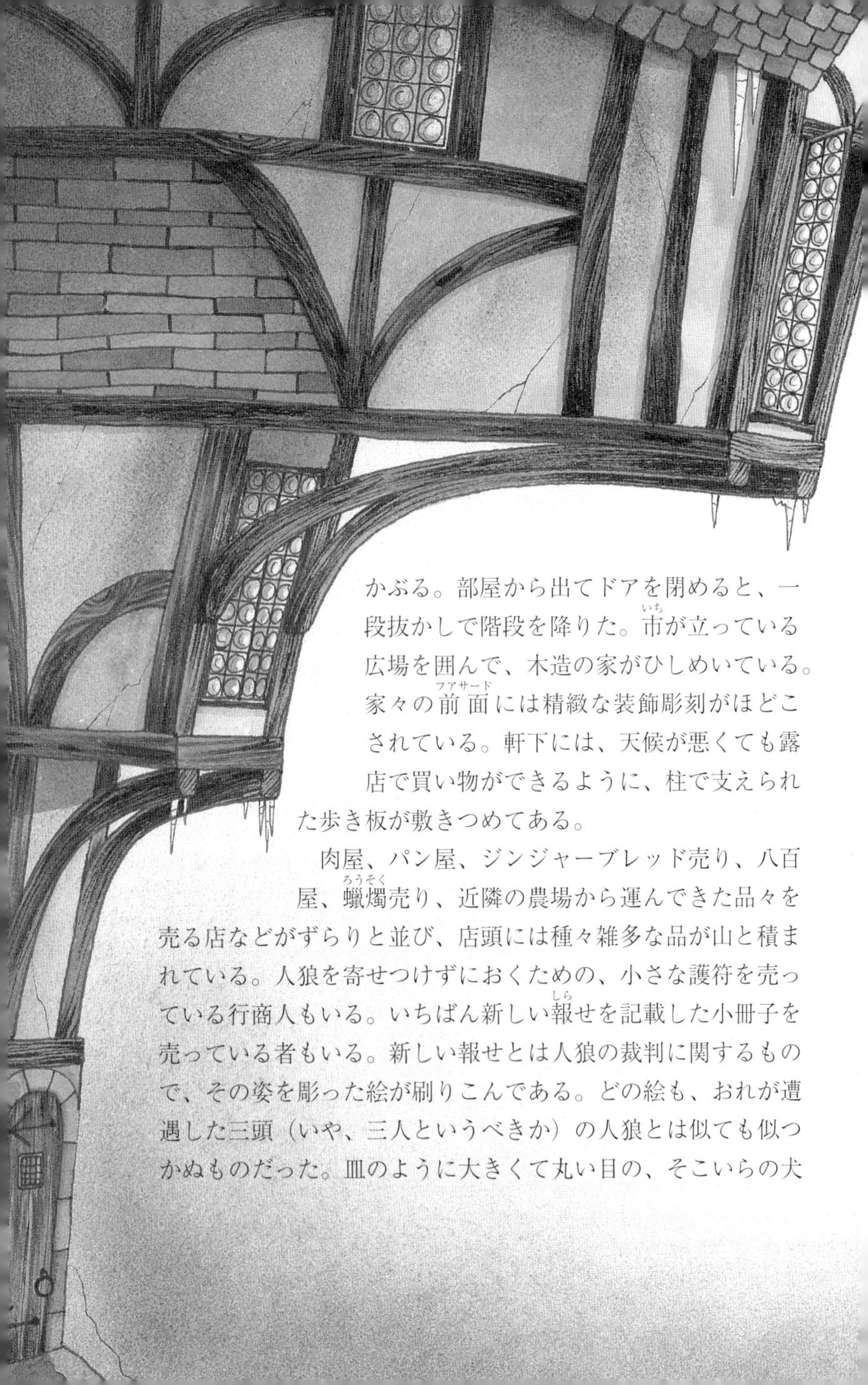

かぶる。部屋から出てドアを閉めると、一段抜かしで階段を降りた。市(いち)が立っている広場を囲んで、木造の家がひしめいている。家々の前面(ファサード)には精緻な装飾彫刻がほどこされている。軒下には、天候が悪くても露店で買い物ができるように、柱で支えられた歩き板が敷きつめてある。

肉屋、パン屋、ジンジャーブレッド売り、八百屋、蠟燭(ろうそく)売り、近隣の農場から運んできた品々を売る店などがずらりと並び、店頭には種々雑多な品が山と積まれている。人狼を寄せつけずにおくための、小さな護符を売っている行商人もいる。いちばん新しい報(しら)せを記載した小冊子を売っている者もいる。新しい報せとは人狼の裁判に関するもので、その姿を彫った絵が刷りこんである。どの絵も、おれが遭遇した三頭（いや、三人というべきか）の人狼とは似ても似つかぬものだった。皿のように大きくて丸い目の、そこいらの犬

にしか見えない絵なのだ。

おれは『予言』という題のついた小冊子を買い、好奇心満々で読んでみた。小冊子によると、サファイヤーの母親は隠者の娘だったという。彼女は隠者である父親とともに森の奥深くでひっそりと暮らしていた。ある夜、隠者は魔女と出くわし、魔女に人狼に変えられてしまった。その後、彼の姿を見た者はいない。娘は野育ちとなり、半裸の姿で森をうろついていたが、ある日、狩りにきた公爵と出会い、花嫁として城に連れていかれた。そして、サファイヤーが生まれた夜、母親は死んだ。すると、森に千頭もの狼が集まり、彼らの咆哮（ほうこう）が響いた……。

小冊子の最後には、こう書かれている——星々がなにを語っているか、また、星々がなにを予言しているか、誰もが承

The Prophecy.

·1642·

知している。だからこそ、レディ・サファイヤーは自由の身になれないのだ、と。
ほかの小冊子をさらに三冊買って読みくらべてみた。だが、どれもくだらないことしか書かれていない。おれは城の尖塔をめざして歩きだした。
市の立つ広場から離れた場所では、家々がたがいに寄りかかるように建っている。なんだか、家同士が噂話に興じ、たがいのことばにしがみついているように見える。家と家がくっつきあって建っているために、路地に陽光がさしこむすきまさえない。路地はくねくねと曲がり、川の手前の町の防壁までつづいている。防壁は、いまにも雪が舞いそうな薄紅色の空に向かってそそりたっている。
防壁の正門は頑丈そのものだ。最初から、しっかりと門扉を閉ざして開けないようにするつもりで造られたような、そんな感じがする。城の周囲を少しばかり歩いていくと、側用門の前に、男たちの一団が寒気を避けるようにして寄り集まっているのが見えた。
「おはよう」おれは声をかけた。
ぼろぼろのマントをまとった男たちがいっせいにふりかえった。
「なんの仕事なんだい？」おれの頭のなかで、とある計画が形をなしはじめた。
「行っちまえ」気の短そうな男がどなった。「ここじゃよそもんは歓迎されねえんだ」
「おれもあんたたちとおんなじだよ。腹ぺこで、お金(あし)がほしいんだ」
「悪魔か首吊り役人がめんどうみてくれるさ」
おれはみんなから少し離れたところで立ちどまった。
「ほっとけ」やせた男がいった。「どうせここには長くはいられねえさ。こんなときだもんな。人狼どもがそいつのにおいを嗅ぎあてて、八つ裂きにしちまうとも。そいつだって、いい気になって町に略奪を

かけようとした傭兵どもみてえにやられちまうさ」
「人狼を見たことがあるのかい？」おれは訊いた。
「おい、お若いの。はっきりいうぞ。おめえさんは歓迎されてねえし、どんな仕事だろうと、それはおれらのもんで、おめえさんにゃ関係ねえ」
けんかを売られているのだろうか。一瞬そう思ったのは、男たちがひともめして体を温めたがっているような、荒くればかりに見えたからだ。
そのとき、側用門が開き、城の執事が警備兵の一隊をひきつれて外に出てきた。門前に集まっていた男たちはおじぎをすると、貧相な兵士たちのように一列に並び、役に立つぞといわんばかりに胸を張り、肩をそびやかした。隊列から少し離れたところにいたおれも、彼らのまねをして胸を張り肩をそびやかした。どう見ても、みんなのなかではおれがいちばん若い。
「おまえ、おまえ、おまえ、それから、おまえ」執事はおれとほかの三人を指さした。
「そいつはだめでさあ」男たちのひとりがいった。「そいつは町のもんじゃありやせん」
「ろくでなし野郎！」ほかの男がおれをののしった。
執事は気にも留めない。「残りの者は帰ってよろしい」執事はぴしゃりといった。「今日は必要ない」
男たちが動こうとしなかったので、警備隊が詰めよった。男たちは蜘蛛(くも)の子を散らすように川のほうに逃げた。おれが来た道のほうに。
おれとほかの三人は側用門から城の庭に入れられた。
目につくものすべてを憶えておこうときょろきょろしていると、執事に杖であばら骨のあたりをごりごり突かれた。
「おまえ、寝ぼけているのか？　わたしのいったことを聞かなかったのか？　おまえは中庭に行け」

　ほかの三人が暖かい城内に連れていかれるのを、おれはうらやましい思いで見送った。城内に入れたら、ひょっとするとサファイヤーの姿を見る機会があるかもしれないのに。

「こっちだ」

　執事はおれについてこいと、中庭につづく門をくぐった。

　その中庭といったら。こんな庭は本のなかでしかお目にかかったことがない。正式のイタリア庭園で、はでやかな美しさだ。左右対称に造られ、自然が人間の手によって制御されている。執事は雪をかぶった砂利道をすたすたと歩いていく。あとをついていくと、おれの背よりも高い、手入れのいきとどいた、生け垣で造られた迷路の入り口に着いた。入り口には、はしごと、白い薔薇の花を入れた籠を持った年配の庭師が待っていた。執事はくるっと踵を返し、すたすたと去っていった。

「籠を持ちな」庭師はいった。「出口をみつけたきゃ、目印の紐をたどることだ」

　仕事というのは、薔薇の生け垣の迷路のまんなかにある木の、花も葉も落ちた枝に、白い薔薇の花をくくりつけることだ、と庭師はいった。

　はしごのてっぺんに昇ると、迷路をたどって出口をみつける順路は、わりあいすぐにわかった。迷路全体は矩形で、高い木が一本生えている中心部を囲むように造られている。いきどまりになっている小径もあれば、完全に迷子になってしまうような小径もある。

　昼になったころ、雪が降りだした。こんななかでの作業は、海から塩をつかみだすような、ほとんど意味のない作業のような気になってくる。と、そのとき、女たちの声が聞こえた。

「早く降りろ」庭師はいった。「行かなきゃなんねえ。おれらは姿を見られちゃなんねえんだ」

庭師は、それが港に誘導してくれるロープかなにかのように、しっかりと紐をつかんだ。おれははしごから降りる気はなく、枝に薔薇の花をくくりつける作業をつづけようとした。

「降りてこい！」庭師は怒ってはしごを揺らした。おれが動こうとしないのを見てとると、庭師は紐を巻きとりながら、そそくさと走り去った。

いままでせっせと作業に励んでいたので、ありがたいことに、たくさんの白い薔薇の花がおれの姿を隠してくれる。こうしてはしごのてっぺんにいると、迷路ぜんたいがよく見える。右手から、前日、路上で出会った狩りの一行の、先頭にいた貴族がやってきた。今日は革の胴着の上に、毛皮の裏地のついたマントをはおっている。体ぜんたいから富のにおいがぷんぷんするが、それと同時に、卑しい気性も透けて見える。貴族は誰かを捜しているようだ。

彼女を見たとたん、おれははしごから落ちそうになった。サファイヤーに会いたいと思うあまり、ついに幻影を見てしまうようになったのかと思った。一度目をつぶってから、おもむろにまぶたを開ける。彼女だ。サファイヤーがお付きの侍女を従えて歩いている。

年配の侍女がなだめている。「おちついてくださいまし、ティンダーさま。お怒りになっても、それがなんの役に立ちます？　王子さまに会う。それだけのことでございますよ。王子さまこそが、あなたさまを公爵さまから救いだして、自由の身にしてくださるのです」

「自由の身？　あんな野卑な男と結婚するのは、いまの牢獄を出て、新たな牢獄に入るのと同じよ」

件（くだん）の王子は声を聞きつけ、サファイヤーと侍女のほうに向かった。あいにく、サファイヤーと侍女は行き止まりの小径にいて、逃げるに逃げられない。

「プレセン、おまえはさがれ」王子は侍女にそう命じた。「わたしはレディ・サファイヤーとふたりきりで話したい」
　侍女は王子を押し倒さんばかりにしてそのわきをすりぬけ、小径をもどっていった。そういう態度をとることで、自分の気持を表わしているのは確かだ。
「行かないで！」サファイヤーは侍女に呼びかけた。「このかたとふたりきりにしないで！」
　王子は侍女の姿が見えなくなるのを待った。そして、いった。「さあさあ、なにを怖がっておいでなのかな？　わたしはじきにそなたの夫になるのだよ。なにも恥ずかしがることはない」
　王子はサファイヤーに近づき、彼女のマントをめくった。
「白い肌だ。乳房はリンゴのように丸い」
「さわらないで！」サファイヤーはマントをしっかりと体に引き寄せた。
「わたしはねぐらを求めている雄鶏を飼っている」
「継母の寝室でその雄鶏が鳴いている声を聞きましたわ」
　おれはナイフに手をのばした。王子が指一本でもサファイヤーに触れたら、殺してやる。
「そなたが好もうと好むまいと、結婚した暁(あかつき)には、口答えできないようにきびしくしつけてやろう。どうだね？」
「あなたご自身も、あなたの流儀(マナー)も、わたくしは嫌いです」
　王子は笑った。残忍な笑い声だ。部隊長たちがよくこんな笑い声をあげていた。
「マナーとな？　そなたが作法(マナー)のなにを知っていると？　兄君たちと野を駆けまわり、男の服装(なり)をして男のようふるまっていたそなたが？」王子はさらにサファイヤーに近づいた。冷気のなかで、吐く息が白い。

「キスしろ」

「いやです」サファイヤーは拒否した。「いまも、この先も」

おれはナイフの柄をきつく握った。王子を殺して、首を吊られる覚悟を決めたとき、王子が苦痛の悲鳴をあげた。

「よくも嚙んだな、この狼女め！」

その好機を逃さず、サファイヤーが小径を駆けていく。おれははしごから降りた。サファイヤーはすぐそばにいる。正しい小径を行きさえすればいい。おれはジグザグに走った。スカートの衣ずれが聞こえたと思ったら、サファイヤーが角を曲がってきて、別の小径に走りこむのが見えた。あとを追ったが、姿を見失った。おれのほうがどうやらまちがった角を曲がってしまったらしく、やってきた侍女と鉢合わせしてしまった。

「レディ・サファイヤーを見なかったか？」侍女はいった。「レディを捜す手伝いをしてくれないか？」

おれは侍女を連れて、先ほどまで作業をしていた木までもどり、はしごに昇った。はしごのてっぺんから見ても、サファイヤーの姿はどこにもなく、王子も消えていた。せっかく逃げたのに、サファイヤーはまちがった小径を行ってしまい、図らずも王子にぶつかってしまったのかもしれない。そう思うと、血が煮えたぎり、怒りのあまり目の前に赤い霧がかかった。だが、ようやく王子の姿がみつかり、おれはほっとした。王子は道に迷い、迷路から出られずにいる。

「おーい、そこの者！」王子は声をはりあげておれにいった。「こっちに来て、迷路から連れだしてくれ」

ちょうどそのとき、迷路から無事に抜けだしたサファイヤーの姿が見えたため、おれは王子のことなど無視した。あんなに近くにいたのに、サファイヤーに追いついて愛しているといえなかった。オットー・フントビスはいまや大金持になり、見たこともないほど大きな都を造ることができるのだと、いってやることもできなかった。
　おれははしごを降りた。
「どうなのだ？」侍女のプレセンは知りたがった。
「レディはお城にもどられました」
　安心したのだろう、プレセンは深い息をついた。「ここから出る道を知っているか？」
「はい、だいじょうぶです」
　おれたちは王子をほったらかしにして順路を進んだ。
　王子はサファイヤーを呼びつづけている。「どこにいるんだ、我がレディよ？　必ず服従させてやるからな！」
「それはどうでしょうかね」サファイヤーのお付き侍女はそうつぶやいた。

第18章

森のなかの道を、おれは父親のあとを追いかけている。

どんなにがんばっても、父親には追いつけない。一歩ごとに、父親は背が高くなり、力づよくなっている。質問をしようにも、父親の耳が、これほど地面より高いところにあるというのに、どうすればおれの声が届くというのだ？

父親がふいに立ちどまり、ふりむいた。

「おっ父(とう)、馬を集めにいくのはどこの村なんだい？」おれはようやくそう訊いた。

父親はくびをかしげ、太陽のほうに顔を向けた。と、髪からも、腕からも、手からも、木の枝が生えてきた。みるみるうちに、父親はねじれた幹の樫(かし)の大木に変身した。樫の木の葉が落ちてくる。木の葉は文字が記された本のページと化した。

降りそそぐ知識の断片。

陽光がまだらにあたっている千もの本の森のなかに、おれの大尉どのがいる。くちびるにいたずらっぽい笑みを浮かべている。

大尉はいった。「サイコロを振るのは、おまえの番だ」

大尉の手のなかでサイコロがかちゃかちゃと鳴っている。

と、おれはぎくりとして目を覚ました。かちゃかちゃという音は床板の下から聞こえている。火打箱が墓から出てこようとしているのだろうか？　恐ろしい思いで耳をすましていると、暖炉の火が壁に幽霊のような影を映しだした。
　つい昨日見たサファイヤーのことを考えようとつとめる。相手が王子であろうと、唯々諾々と従うことを拒否し、追従を拒絶した、勇気あるサファイヤー。おれは王子を殺したかった。そして、そうしなかったことを悔やんだ。あんなふうに女性を侮辱する男はみんな殺してしまいたい……。
　また音が聞こえた。夢を見ているわけではないのだ。床下で、火打箱がかちゃかちゃと音をたてている。
　町の時鐘が三度鳴った。
　男が現われた。ベッドの向かい側に置いてある椅子の座席の布地が浮きあがったかのように、最初はぼうっとした人形（ひとがた）の輪郭にすぎなかったが、少しずつ厚みが増して、はっきりした姿が見えてきた。あの銀貨の部屋で見た男だ。蠟燭（ろうそく）の火を受けて、銀色の髪と白い顔がちらちらと光っている。手にはベルトを持っている。
「おれになんの用だ？」おれは薄闇に向かってささやくように訊いた。
　男はゆっくりと立ちあがった。
　おれはベッドの上で、かなうかぎりうしろにあとずさった。それ以上さがりきれなくなって、枕の上にすわってしまう。
　おお、神よ、おれはこの男に殺されるのでしょうか？
　男は床の上をすべるようにしてベッドに近づいてくる。ついに、さわれるほど近くまでやってきた。おれは息もできないほどだった。恐怖だけがふくれあがり、身動きもできない。額に冷や汗が噴きだし、それが冷たい玉となってころがり落ちる。
「ご主人さま」男はいった。「なにをお望みですか？」
　おれはとてつもなく高いところから落ちていた。どんなに必死にな

っても、目を開けることができない。
　ばんばんと激しくドアをたたく音がして、おれは目を覚ました。一瞬、自分がどこにいるのか、いまが何時なのかわからなかった。
「だんな、だんな！」宿の亭主のあわてふためいた声が聞こえた。「だいじょうぶでござんすか？」
「ああ、だいじょうぶだ」だいじょうぶなのかそうでないのか、自分でもよくわからなかったが、やっとの思いでそう答え、ベッドから出て、ドアに向かった。
「だんな、お忘れでやんすか？　仕立屋が服を持ってきておりやすし、髭を剃ろうと床屋も待っておりやす」
　昨夜の招かざる訪問者のことを頭から追い出そうと、廊下に立っている男たちに意識を集中した。宿の亭主がカーテンを開けたので、部屋じゅうにひややかな青い光が満ちた。
　カーテンが開けられるのを待っていたかのように、仕立屋とふたりの徒弟が部屋に入ってきた。徒弟のひとりはたたんだ衣服の山を抱え、もうひとりは枠にはまった長い鏡を持っている。鏡には厚手のヴェルヴェットのおおいが掛かっている。そのあとから親方が入ってきて、すぐさま、徒弟たちに荷物を置く場所を指図した。おれは床屋にうながされて、髭を剃ってもらい、生気をとりもどした。そのあいだも仕立屋はもくもくと作業を進め、やがて、おれにマントを着せかけると、満足そうにおれをみつめた。そして手品遣いさながらの手つきで、鏡のおおいをさっと取りはらった。
　鏡に映っているのは、ばつの悪そうな若い男だった。マントはおそろしくたっぷりと布地が使われていて、そのまま船の帆になりそうだ。
「もしかすると」おれはマントの縁をつまんだ。「もう少し小さいほうがいいのではないか？」
「だんな」仕立屋はいった。「自信をもって着こなせば、身になじんで、ご身分にふさわしくなるものです。その服なら、どこから見ても、裕福な殿がたそのものでございますよ。いえ、マントにくるまってしまわないように」仕立屋は口といっしょに手も動かした。「このように、片側を肩にはねあげるようにして……はい、さようです」

おれは仕立屋にいわれたとおりにしたが、なんだかばからしい気がするとはいわなかった。仕立屋は自分の腕前を確かめようと、おれの少しうしろに立ち、おれの姿がかすんで見えるとでもいうように、目をすがめている。

「だんな」しばらくおれを眺めてから、仕立屋はまた口を開いた。「お帽子を」

おれは渡された帽子をかぶり、仕立屋の裁決を待った。

「騎士さまそのものですな」仕立屋は裁決を下した。

帽子には飾り羽根がついているが、まっすぐに突っ立っている。その点は、おれにもおかしいと指摘できる唯一の誤謬(ごびゅう)だった。

はさみが一度ちょきんと音をたて、針がちくちくと動いたかと思うと、羽根は横向きに縫いつけられて、二度と飛べない運命を甘受することになった。

手袋をはめてから、おれはふたたび鏡に見入った。我が目を疑う。おれという人間は美々しい装いに埋もれてしまい、うつろな生きものが取って代わっている。そのとき、ふっとひらめいた。おれは大尉をまねるべきだ。大尉は人々を欺(あざむ)き、いかにもあっぱれな軍人だと信じこませ、ただの博打好きで大酒飲みという本性をみごとに隠しとおしたのだ。

鏡の中からこちらを見ているりっぱな風采の若者を、おれはしげしげとみつめた。中身に自信がなくても、外側は自信たっぷりに見える。おれは仕立屋の注意を思い出し、マントを肩にはねあげた。そのはずみで、小さなテーブルを倒してしまう。

「ようございますな、だんな」仕立屋はおれを褒め、ぱちぱちと両手を打ち鳴らした。「もうコツがおわかりで」
マントのさばきかたを習得し、親方と徒弟たちのお世辞をあびながら、肩をそびやかして二、三度行ったり来たりするうちに、裕福な若殿という新しい役柄をこなせる気がしてきた。
「いちばん上等なお召し物は、明日、お持ちいたします」仕立屋は請け合った。「それで、それに見合ったマントをもう一枚おあつらえになることを、ぜひともお勧めします」
新しい衣服ができあがり、有頂天になっていたおれは、悪夢のことなどすっかり忘れてしまった。仕立代のほかに、心づけと感謝のことばを奮発した。
仕立屋が帰ったあとで、おれはそれをみつけた。仕立屋が指ぬきかなにかを落としていったのかと思い、それを拾いあげようとしたときに、鐘が鳴った。時を告げる鐘ではなく、警鐘のようだ。外で悲鳴があがっている。窓に駆けよって外を見ようとしたとき、ドアがノックされ、ぎくりとした。ドアを開けると宿の亭主が立っていた。今日が日曜の安息日であるかのように、厳粛でしかつめらしい顔をしている。
「襲撃でござんすよ、だんな」
「襲撃？　傭兵たちか？」亭主がなにをいっているのかわからず、おれはそう訊きかえした。
亭主は身をかがめ、仕立屋の落とし物らしき品を拾いあげた。そして背筋をのばした。「この町が戦場（いくさば）になることはありやせん。この公爵領が人狼どもに呪われてるというのは、よっく知られているからでがす」
「人狼を見たことがあるのか？」
「ありがてえことに、見たことはありやせん。けど、あいつらがいると断言できる者は大勢いやす」亭主はしばらく黙ってから、また口を開いた。「ちょっくらおうかがいしますが、だんなが森を抜けてくるときに、やつらに襲われたりはしなかったんで？」

「べつに」自分が体験したことをいいたくなくて、おれは口を濁した。

「姿を見かけることもなかったんで？」

「ああ、そうだ。木ならたくさん見たがね」

「なら、だんなは幸運だったんだ」亭主の焼き肉顔は灰色だ。

「いったいなにごとなんだい？」

「町の外、川向こうに農場があるんでさ。そこの農場主とかみさんが殺されちまって」

外の騒ぎと警鐘に引きずられるようにして、おれは亭主といっしょに窓辺に行った。見ていると、下の広場に荷馬車が走りこんできた。雪の上に轍がくっきりついている。荷台には死体がふたつ。傷がはっきり見える。町の治安を担う役人といっしょに町の触れ役がやってきて、人狼たちの襲撃だと告げた。

なにかおかしい。おれはそう思いながら鎧戸を閉めた。どういうことなのだろう？　狼のしわざなら、ちゃんとこの目で見たではないか？　狼が襲ったのなら、荷台のふたつの死体に残っている傷よりも、もっとおぞましい、もっと深い傷がつくはずだ。

「町から出ないのがいちばんでさ」亭主はそういってドアに向かいかけた。「あ、そうそう、こいつはだんなのですね。いっぷう変わった、戦いの記念品ってやつですな」

亭主はテーブルに金属でできた鼻を置いた。おれは恐怖の目でそれをみつめた。こらえようとしても、足がよろける。死んだ兵士の金属鼻が、なぜおれの部屋に現われたのか、理にかなった思考ができない。悪性の病のように、恐怖がじわじわと襲ってくる。おれは病の元凶は知っているが、それを癒す方法は知らない。

第19章

心づもりにしていたよりも遅くなったが、午後になると、おれは宿屋〈黒い鷺（さぎ）〉の外に出た。新しいブーツの底はすべりやすい。雪の上に足を踏みだしたとたん、前のめりにころんでしまい、雌鶏（めんどり）たちの羽毛が舞い散る騒ぎを引き起こした。ばかになった気分だ。
「オットー、りっぱな服をもってしても」おれは自分を嘲（あざけ）った。「まぬけなところは隠せないな」
用心しながらゆっくりと立ちあがり、今度こそ歩を運ぶ。一歩進むたびに、新しい役割を意識している内なるおれが、徐々に自信をもちはじめた。
頭のなかが昨夜の悪夢に占められていたためか、いつのまにか丘のてっぺんに来ていた。黄昏（たそがれ）が近い空を背景に、拷問用の車輪が黒く浮かびあがっている。最後にこれにかけられて死んだ者の骸骨が不気味に白く光り、着ていた服の残骸が風に吹かれている。なぜおれは、こんなにも恐怖に駆られているのだろう？
幾度も曲がり角をまちがえて、さんざんっぱら歩きまわったあげく、城にほど近い居酒屋にたどりついた。ビールを注文してから、おれはまちがいに気づいた。居酒屋の客は、昨日城の側用門で出会った男たちのような、下層階級の男ばかりだったのだ。おれの上等な服とばかげたマント——着こなしているとはいいがたい——は、場違いもはなはだしく、悪目立ちした。ニンニクの臭いが充満する薄汚い居酒屋で、おれは孤立している。あわてて一気に黒ビールを飲みほすと、そそくさと店を出た。

居酒屋にいた男たちがあとを尾けてくる。どっちに行けばいいのかさっぱりわからないままに、しかし、おれは石段を昇った。この道が市の立つ広場につづいているといいのだが。おれの期待とは裏腹に、道は行き止まりになっていた。引き返そうにも、石段の下には男が四人。四人とも棍棒、杖、革紐で武装している。昨日会った気の短そうな男が、おれの顔を憶えていた。

「こいつは密偵じゃねえかって、おめえたちにいったよな！」男はわめいた。

この田舎者たちは鵞鳥の群れ同様、戦いかたを知らない。おれは石段のてっぺんにいて、優位な位置にいる。マントをぬいで、さっと投げる。マントは最上の毛織物でできた帆のように広がって、男たちにかぶさった。男たちがからまるマントから逃れようとじたばたしているあいだに、おれは男たちの頭上を跳び越えて、来たほうに走っていった。

と、あの女の子がいた。赤いマントをまとっている。

おれは追いかけた。だが、全速力で走っても、女の子に追いつくことはできず、次第に勇気も失せていった。おれは立ちどまった。彼女も足を止めた。背後から乱暴者たちが迫ってくる。

女の子がふりむいたが、その顔が見える寸前に、近くの家のドアがふいに開いて、ランタンの明かりがさした。男に腕をつかまれる。ランタンの明かりでなかば目がくらんでいたおれは、男の手を振りほどこうとやみくもに抗った。

「マスター・フントビス、またお会いしやしたな」聞き憶えのある声がした。森を抜けたあと、あの四つ辻でおれを馬車に乗せてくれた救い主の声だ。おれは男に引っぱられるままに家の中に入った。人形芝居の親方、〈できそこないの紳士〉は、すばやくドアを閉めた。ドアの向こうで、おれを追ってきたろくでなしどもが走っていく足音と、わめき声とが聞こえた。
　親方に台所に連れていかれた。焦げ茶色に煤けた低い天井、木の梁がむきだしになった台所は、赤々と燃える火で暖かい。親方は、家じゅうでここがいちばん暖かいのだといいながら、隅の食器棚からワインの瓶とグラスを二個取りだした。
「ありがとうございました」おれは礼をいった。「あなたに助けてもらったのは、これで二回目です」
「気にせんでいい」親方はいった。「こんな武骨もんだが、客人をもてなせるのはうれしい」そういうと、親方はおれを頭のてっぺんから爪先までしげしげと眺めた。「おまえさん、紳士に見えるぜ。新調のおべべ着て」
「服の中身はまぬけなままでね、この先もまぬけは治らないんじゃないかと思う」
　親方はくすくす笑い、ワインをすすった。小袋から煙草の葉を取りだし、じっとおれをみつめながら、ていねいに煙草をパイプの火皿に詰める。
「この町ではよそもんは用心したがいい。町の衆は人狼にかこつけて、責めを負わせられる相手を探してるからな。疑わしいというだけで、くびに縄を巻かれてぶらさげられたよそもんがいる。わしも町を出てから11年もたてば、不幸にもよそもんとみなされてしまうことぐらい、承知しとくべきだった。ここを離れなきゃよかったと、つくづく後悔しとるよ」
「どうしてもどってきたんですか？」
「愛のためさ。愛する者が誰かをどこかで待っててくれてる」
　台所のドアが開き、見たこともないほど背の高い女が入ってきた。梁に頭がくっつきそうなほど背が高い。

「この家の主、ダグマ・カーツだ」親方が紹介してくれた。マダム・カーツがテーブルに籠を置くと、親方は立ちあがって、その頬にキスした。「いつ果てるともしれねえ冬にいるわしの、お日さまだよ」

マダム・カーツは意志の強い顔をしているが、目は柔和で、にじみでるあたたかい人柄がひとを惹きつける。

「お世辞はたくさん」

マダム・カーツがそういっても、親方は気にも留めず、彼女の腰に腕をまわした。マダム・カーツは身をかがめて、親方の頭のてっぺんにキスした。

「なら、こんひとが、あんたがいってたマスター・フントビスなんだね」マダム・カーツはいった。

マダム・カーツが料理用ストーブのほうを向いて、鍋を火にかけているあいだに、親方がおれの災難を語ってきかせた。が、彼女は身を入れて聞いているようには見えない。おれはそろそろ帰ろうと、腰をあげた。

「すわってなさい、マスター・フントビス。あたしらと食事をしてかないかい？」

〈黒い鷲〉を出てから、ろくなことがなかったため、おれは部屋に帰るのが少し怖くなっていた。居心地のいい台所、ワイン、親方にマダム・カーツ、料理の匂い——どれもがここにいたい気にさせてくれる。

「今日はなにか売れたかね？」マダム・カーツにそう訊きながら、親方は食器棚からもう一本ワインを取って、テーブルに持ってきた。

「いんや。みんな家から出ようとしなくってね。ここからそう遠くない村に、また人狼たちが現われたんだって。そういう話を聞いた」

「なにを商ってるんです？」人狼の話題がいやで、おれはマダム・カーツに訊いた。

「香料、薬草、恋人たちのための愛のメダル、魔法の護符、魔よけの石や宝石。悪夢をからめとる網……あたしの店に来てみるこったね、マスター・フントビス」
「ぜひとも。ところで、おれの名前はオットーです。オットーと呼んでください」
　マダム・カーツは頭のいいひとで、親方がなぜ旅をつづけようとしないで、ここにとどまっているのか、なんとなく理解できた。シチューができあがると、マダム・カーツもテーブルについて、しろめの皿に料理を盛ってくれた。
「森を抜けてきたんだってね」マダム・カーツはいった。「森になんかあったかい？」
「べつに」おれは嘘をついた。
「おまえさんがほんとのことをいってもいわなくても、たいしたちがいはねえんだ。わしの愛するひとはなんでもお見通しだからな」親方がいう。
「男ってのはみんなむちゃをするもんさ」マダム・カーツはいった。
　しばらく三人とも黙ってシチューを食べていたが、やがて親方がいった。「オットー、広場に運ばれてきた、農夫とかみさんの死体を見たかね？」
「はい。でも、大きな犬に嚙まれた傷にしか見えなかった」
「わしもそう思った。町じゅうが恐怖に震えあがっとる。みんなの口がゆるみ、舌がぺらぺらと動いて、あることないことをしゃべりちらしとる。オットー、忠告するよ。明日には町を出るこった。公爵が町の衆にせっつかれて、またよそもんを絞首台に吊るそうなんて気にならないうちにな。なんてったって、婚礼を認めさせるにゃ、拷問をみせつけるのがいちばんだからな」
「婚礼」おれの心臓が冷たくなる。
「あっちでもこっちでも、その話でもちきりだよ」マダム・カーツはいった。「明日、レディ・サファイヤーは王子と結婚の誓約をさせられる。そうなりゃ、近いうちに婚礼だね」
親方とマダム・カーツはこんなに遅い時間に外を歩くのは危険だ、泊まったほうがいいと強く勧めてくれた。だが、サファイヤーの婚約という報せに、おれはスイス製の時計よりも強く、きりきりとネジが巻きあがってしまい、それをほぐすには体を動かすしかなかった。親方とマダム・カーツが〈黒い鷲〉の方向を教えてくれたので、おれはそちらに向かって歩きだした。
頭のなかでは、思考がぐるぐると渦を巻いている。サファイヤーの婚礼衣装は、彼女を埋葬するための経帷子なのだ。公爵夫人に殺されないにしても、婚礼を祝う教会の鐘は、サファイヤーの死を告げるのと同じだ。おれはひとけのない通りを歩いた。この町には犬が一匹もいないので、犬に吠えつかれることもなかった。一度だけ、なにか音が聞こえたような気がした。どこかで掛け金を開けた音のようだ。それだけのことだ。
宿屋に着くころには、おれはあの呪わしい金をはでに使おうと決めていた。二頭立ての四輪馬車と馬を買い、サファイヤーを遠くに連れ去ってしまうのだ。
宿屋の裏庭は暗かったが、驚いたことに、裏口のドアは開いていた。しかしランタンはついていなかったので、思わず宿の亭主をののしってしまう。手探りでぎしぎしきしむ階段を昇り、部屋まで行く。ひと足ごとに恐怖がもどってきた。部屋のドアを開けるとなにが待ち受けているのか、それを見るのが怖かった。ばらばらになったナイフ爪の貴婦人の幽霊が、部屋の中をただよっているのでは？　部屋のドアの前で、おれは立ち止まって耳をすました。
人間としか思えない声が聞こえ、おれは急いで鍵穴に鍵をさしこんだ。鍵は開いていた。ドアはすっと開いた。月の光のなかに、覆面を着けた男がいた。おれの背嚢(はいのう)をしょっている。おれはナイフを引き抜いて突進した。男の仲間がふたり、暗がりにひそんでいることには気づかなかった。

胸をしたたかに殴られ、おれはどさりと床に倒れた。椅子が振りおろされるのが見えた。亭主もおかみもメイドも、寝ているところを殺されてしまったのでなければ、騒音で亭主が駆けつけてくるのではないかと期待した。だが、これほどの騒ぎだというのに、誰もやってこない。

襲撃者のひとりに傷を負わせたのは確かだ。そいつは腕をつかんで跳びすさり、おれを痛めつけるのをあとのふたりに任せたからだ。

おれはふたりを相手に戦うことになったが、怒りのために冷静さを失っていた。男のひとりが棍棒を振りおろして、おれのナイフをはじきとばした。ふたりがかりで押さえつけられて腹を殴られ、おれは体をふたつに折った。さらに頭の横っちょをがつんと殴られ、部屋がくるくると回りはじめた。気が遠くなっていく。

第20章

　おれはすっ裸だった。
　服もブーツも盗まれ、頭も体も痛くて動かせない。宿の亭主は、自分の宿屋の最上の部屋に皮を剝がれた熊が迷いこんだかというような目で、おれを見おろしている。
「だんな、いったいなにごとでがす？」
「盗っ人(ぬすと)にやられた」口をきくのもむずかしい。舌が二倍にふくれあがっているような感じだ。
「ばからしい」おかみがいった。「いっただろ、あんた。こいつは人狼どもと通じてるんだって。階段の血は人狼がつけたもんだよ」おかみの声はきんきんとかん高く、おれの痛む頭には耐えがたい。「肉屋に嚙みついたのはこいつだよ」
　肉屋？　この女はなにをいっているのだ？
　おかみを無視して、おれはのろのろと立ちあがった。「あの騒ぎは聞こえたはずだ。みんな耳が悪いのか？」
　ドア口に立っているメイドのマリーは、興味津々という目でおれを見ている。
「おまえ、台所で仕事があるだろ？」亭主はマリーを追い払った。
　裸のおれを見かねたのか、亭主はエプロンをはずしておれに放ってよこした。
「なにすんだよ」おかみが文句をいった。「栄光につつまれし主(しゅ)の御前に立つ、罪深きアダムみたいだと思わんのかね？」

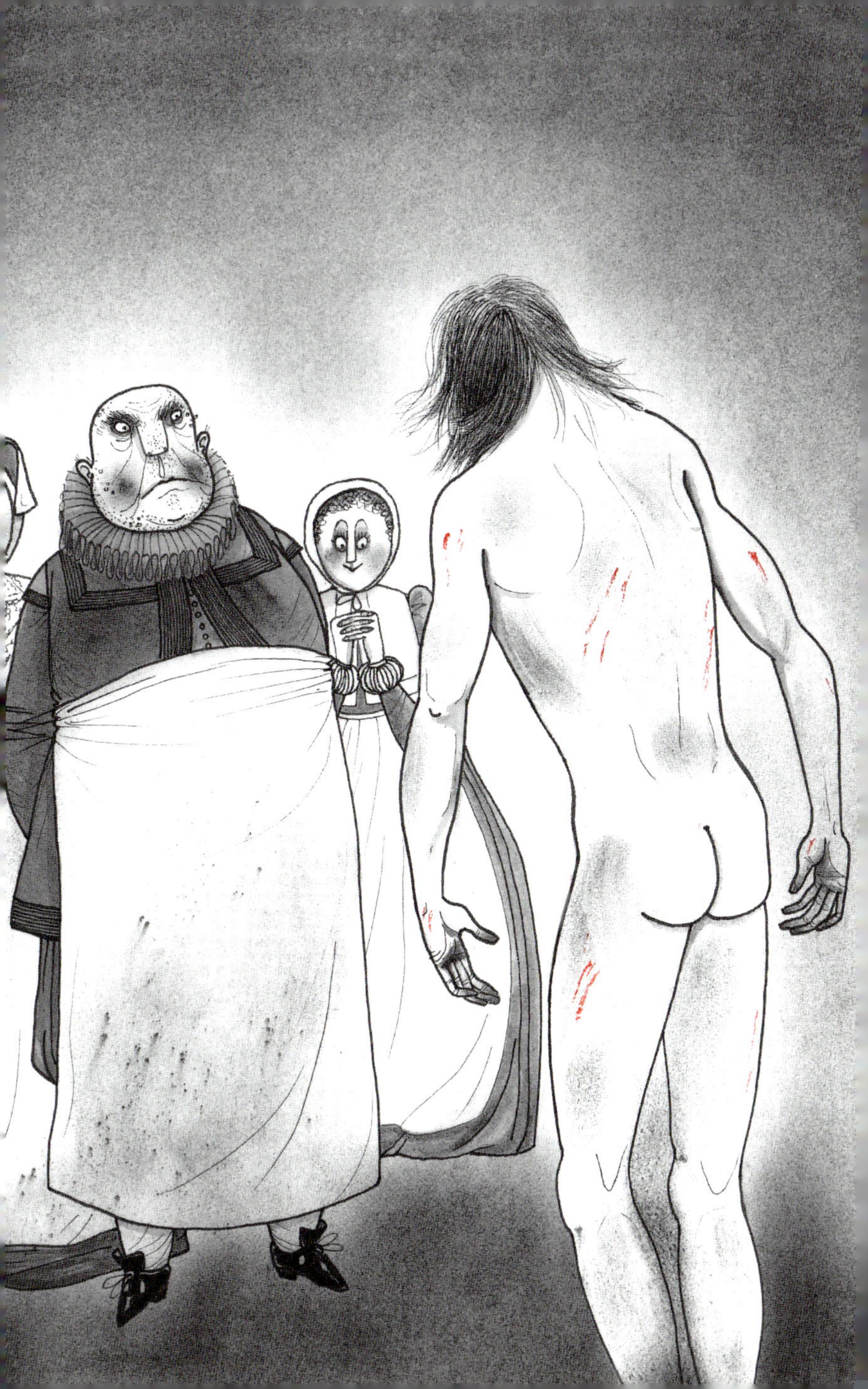

おれはそんなことはどうでもよかった。それよりも、金貨を盗まれてしまい、計画が台なしになってしまったのだ。半獣の男がくれたサイコロの入った肩掛けかばんを捜したが、それもみつからず、おれは文字通り身ひとつの文無しになりさがっていた。金貨一枚すら残っていない。すべて奪われてしまった。
亭主は少しばかり恥じいった表情を浮かべた。「音は聞こえやした。けど、人狼どもだと思いやして」
おれは頭を抱えこんだ。「おお、神よ、おれに力をお与えください」
「するってえと」亭主は自問するようにいった。「……あんたさんは一文無しで、宿賃を払えないってえことか？」
おれは意気消沈していたものの、亭主の声にうれしそうな響きがこもっているのは聞きとれた。
「そうだ」おれはうなずいた。
「なら、とっとと出てってくれ」
「いやだ。七日分の前払いをしてある。出ていく必要はない」
「そりゃあな。けど、それはきれいなシーツと食事を追加する前の話でさ」
頭がひどく痛むせいで、前払いの話と追加の話とを結びつけて考えることはできなかった。
そのとき、おかみがすさまじい悲鳴をあげた。その悲鳴はナイフのように、おれの頭に突きささった。
「どうしたね？」亭主はおかみに訊いた。
「べ、ベッドに！」おかみは叫んだ。「男の生首が！」
おかみは壁にぴったりはりつき、現実に生首を見たのか幻を見たのか定かではないが、恐怖におののいてスカートをつまみあげ、布地を口に押しこんでいる。
「なにもないよ」ほんとうになにもないのかどうか、まったく自信はなかったが、おれはきっぱりといった。
「おまえ、おちつけよ」亭主はおかみにいった。
「けど、あたしゃ見たんだ、生首を。血だらけの襞襟(ひだえり)を着けてた。だからいっただろ。よそもんを泊めちゃいけないって。悪魔の悪行をもたらすからって」
「その舌を引っこめておけ」亭主はいった。「戦いやら人狼やらのご時世なんだ、お客があるのは幸運だと思え」亭主はベッドに近づくと、掛けぶとんをめくった。女房とちがって、亭主はいまわしい幻を見たりはしない。「よく見なよ。おまえ、どうかしてるんじゃねえのか？」
「あたしゃ、見たんだよ」おかみはいいはった。「聖アウグスティンに誓って、あたしゃ、血だらけの襞襟を着けた生首を見たんだ。いま、あんたたちがあたしの目の前にいるみたいにはっきりと。すべての聖人と、おっかさんの墓に誓う」

一瞬、おかみを信じそうになった。
亭主は両手で口をおおって、もごもごといった。「こんな話は魔女の妖術をあげつらってるようなもんだ」
「なんもかんもあんたのせいだよ。こいつを泊めたりすべきじゃなかったんだ」
おかみは部屋から走って出ていった。

仕立屋が最上の服とマントを持ってきてくれたおかげで、おれはあやうく裸で路上に放りだされるのをまぬかれた。仕立屋は、数日のあいだに客の運が上昇したり下降したりするのを見慣れているようだ。いまのおれの境遇に合った、もっと安い服と交換してもいいといった。おれは差額を返してくれと要求した。
「だんな、この服はだんなの寸法に合わせて仕立ててあります。だもんで、そう簡単に買い手がみつかる見こみがないんで」
おれはひとりで静かに傷口を舐めたくて、亭主と仕立屋に部屋を出ていってほしかった。寒さが身にしみ、歯の根が合わなくなってきた。もはや、暖かくして横になること以外、なにも考えられない。
「おれは金を取りもどしたいんだよ、仕立屋の親方。それに、宿のご亭主、なんだってまた、裏口のドアを開けっぱなしにしておくような愚かなまねをしたんだ？　あんたが盗っ人を招き入れたんじゃないかい？　そう、おれは正義の裁きを求める。あんたたち、どう思うね？悪党どものしわざじゃないのか？　あんたたちのなかに、正直者はいないのかい？」
仕立屋は、自分はこの町でも有数の志操正しい人物のひとりだということを誇りにしているので、すぐさま、態度をあらためた。徒弟のひとりに、もっと安くて質素な胴着、シャツ、ズボン、タイツを店まで取りにいかせた。昨日渡した、もう一枚のマントの代金も返してくれた。
　宿の亭主は焼き肉顔をまっ赤にして、前払いしてあるつづき部屋の泊まり賃の四日分の残金で、この先二週間、寒い屋根裏部屋を使っていいといった。
「ただし、素泊まりでさ。食事はなし、蠟燭もなし」
　届けられたタイツをはきながら、この部屋の床下に押しこんである火打箱を置き去りにできると思うと、おれの痛む心はささやかに慰められた。

　最上のつづき部屋から移った新しい部屋は、勾配のある屋根のすぐ下だ。風に吹かれて、屋根瓦がかたかたと音をたてるのが聞こえる。窓がひとつあるが、そこから見えるのは家々の屋根と、町の防壁の向こうに広がる田舎の景色だった。
　藁の寝床に横たわったおれは、心底落ちこんでいた。夢も希望もなくなった。有益な使いかたもできないうちに、おれが恐ろしい思いをして手に入れた戦利品ともいえる金貨を、そっくり盗まれてしまったのだ。いまのおれになにがある？　質素な服と、みすぼらしい屋根裏部屋だけ。この凋落ぶりは誰のせいだ？　おれは容疑者のリストを作ってみた。
　金商人のクレムパル、宿屋の亭主、その女房、メイドのマリー……？　おれは笑いだした。責任があるのは、このおれだ。責められるべきは、おれ自身だ。
「オットー、おまえときたら、なんというヒーローだ」おれは自分にいった。「まぬけめ。自分のお宝ぐらい、自分できちんと管理すべきだったのだ」

　その日の午後遅く、ベッドに横になっていると、町の治安役人が息

を切らして曲がりくねった階段を昇り、屋根裏部屋までやってきた。そのあとから宿屋の亭主がついてきた。役人はドアを押し開けた。その男ひとりで、ドア口がいっぱいに占められてしまう。役人はじろじろとおれを見て、杖の先をおれに突きつけた。

「盗みにあったといっているそうだな」役人はいった。

「はい」おれはうなずいた。「そのうえ、殴られました」

　おれをもっとよく見ようとばかりに、役人は杖の先で虫の喰った掛けぶとんをめくった。

「ふむ。いつのことだ？」

「昨夜でがんす」亭主が答えた。

「昨夜か。宿にもどってきてすぐのことだったのだな？」

「はい。ずっと外にいて……」

　昨日どこにいたのか、ちゃんといったほうがいいかとは思ったが、いってもしようがないし、〈できそこないの紳士〉と彼の恋人のマダム・カーツをよけいな厄介ごとに巻きこみたくはなかった。おれは腕をあげて、目をおおった。茶番は長くつづきそうだ。

「マスター・フントビス、昨夜は」役人がいった。「人狼の襲撃があった。肉屋の小僧が嚙み裂かれて死にそうになった」

「それはかわいそうに」おれはいった。

「うむ。つまり、おぬしがこの町に来たとたんに、三人が人狼の襲撃を受けたわけだ。町の衆はみんな、おぬしに疑惑の指を突きつけはじめとる」

　おれは目から腕を離して役人の顔をみつめながら、苦労して起きあがった。「おれが襲撃に関係しているというんですか？」

　役人はそうだといいたくてたまらない、という顔をしながらも、口に出してはこういった。「これだけはいっておくぞ。この界隈で、またなにか怪しいことが起きたら、そのときはおぬしを捕まえ、裁きにかける」
「おれを？　おれは金を盗まれて殴られたんですよ。失礼だが、傷を負った者を質問攻めにするより、悪党どもを探したほうがいいんじゃないんですかね」
役人は大きなだんご鼻をこすり、慎重な口調を変えずに答えた。
「宿屋のおかみは、おぬしの肩に狼の形のあざがあるというておる」
「は？」
「そういうあざは、魔術のしるしといえる」
「ほっといてくれ」おれはどなった。「ふたりとも、出ていってくれ。こんなことをした盗っ人どもをみつけられないんなら、おれにかまうな。出ていけ！　出ていけったら！」
牢獄に引っ立てられていくことになるかもしれないと、なかば覚悟しながら、おれはベッドに横たわったまま目を閉じた。役人と宿の亭主は、おれを引っ立てていくには確固たる証拠があるわけではないことを承知していたので、黙って引きあげていった。

メイドのマリーがいなかったら、おれは凍えて死んでしまっていただろう。マリーはスープとパンを運んできてくれただけではなく、こっそり上掛けをもう一枚持ってきてくれたのだ。
次の日になると、体のこわばりも激しい頭痛も、だいぶ軽くなっていた。
昼近くにやってきたマリーが、城の噂話をどっさり聞かせてくれた。マリーのいちばん仲のいい友人が、公爵家の下女なのだ。前夜、公爵は娘と王子の婚約を祝う晩餐会を開いたという。
心臓が凍りそうになった。「レディ・サファイヤーはどんなだったんだい？」
マリーの友人によると、サファイヤーはすばらしいドレスを着ていたという。ネーデルランドで流行（はや）っている、いちばん新しい型のドレスらしい。肘の上まで切れ込みの入った袖に、腰高のボディス、肩がむきだしで、襟ぐりにはレースの縁どりがあり、なかほどをリボンで締めるようになっている。スカートはわりにタイトで、金色のペチコートが見えるようにうしろに襞をとって、前面をたくしあげてある。下女の見るところでは、ドレスの布は波紋のある絹で、色は金色のような黄色。
「マリー、ドレスの話はもういいよ。おれは彼女がどんなようすなのかを知りたいんだ」
「だから、いっただろ。肌は白くて、髪はゆるやかな巻き毛だって」
「いや、そうじゃなくて、彼女は幸福そうだったかい？　それとも悲しげだった？」
「たいていの娘っこが婚約するときとおんなじだあね」
「ってことは？」
「悲しげに決まってらあね。友だちの話じゃ、悲しい目をしていなさったとか。だけんど、それもあたりまえさ。長いこと塔に閉じこめられてたのに、いきなり、はでこい席に引っぱりだされたんだもん。公爵夫人がやきもちやいて、青くなってたって」
　これ以上質問してもむだだとわかったが、マリーはおしゃべりをつづけたくて、さらに新しい話題をもちだした。
「婚礼は四日後だって。友だちがそういってた」
「四日後！」おれは思わず起きあがった。「なんだってそんなに早く？」
「あたいは知らねえ。知ってるはずがねえだろ？」
　おれはズボンを引き寄せた。なんとしてでも婚礼を阻止しなければ。
「だんな」マリーが心配そうな声をだした。「なにをしなさるつもりだい？」

「外に出る」ベッドから出て、いきなり立ちあがったせいか、目の前がまっ暗になった。

第21章

姉といっしょにいる。
夏。ブンブンという蜂の羽音をお供に、ふたりで歌いながら歩いている。姉の籠には、ふたりで摘んだイチゴがどっさり入っている。牧草が丈高く伸びている牧草地を、風が吹き抜けていく。遠くに教会の尖塔が見える。木を組み合わせた門に向かって、おれたちは笑いながら走る。
ふいに、このまま進んではいけないことがわかり、おれは姉を引きとめる。
「なんも怖いことはないよ」姉はそういう。
おれの背後で柳で編んだ戸が閉まる。
倒れている人々が見えた。雌鶏たちが彼らの胸を、服を、目を突いている。村の人々が残らず死んでいる。姉はイチゴの入った籠を地面に置き、そっと死体の靴をぬがせはじめた。そして、次々にぬがせた靴を一箇所に集めた。
それが終わると、姉は地面にすわり、自分の靴をぬいだ。おれは叫んだ。
「やめて、お願いだからやめて！」
姉は知らん顔だ。集めた靴がめずらしい果実だとでもいうように、腕いっぱいに抱え、すたすたとおれから遠ざかっていく。姉が誰のもとに向かっているのか、おれにはわかった。わかっているので、見ていられなかった。このままだと、あの半獣の男が見えてくるはずだ。おれはあの男におれの魂を渡す気はない。ぜったいに、ない。

暗がりのなかに横たわり、みじめな思いを噛みしめているあいだ、死んだ姉が踊っている幻が見えた。おれは火の気がほしかった。火花が、一本のマッチが、悲しみを癒（いや）してくれる光がほしかった。夜というのは、非情な時間帯だ。恐ろしい悪夢がつづき、どこまでが夢で、どこからが現（うつつ）なのかわからず、どちらも現実ではないように思える。

町の時鐘が真夜中を告げている。最後の鐘の音にかぶさるように、どこか遠くでなにかがこすれる音が聞こえた。風だ。風が板壁のあいだを吹き抜けているんだ。

だが、その音は近づいてきた。音をたてているものがなんであれ、それは階段を昇っている。

おれは目覚めているのか？　それともまだ眠っている？

起きあがって、無力な思いで闇をすかし見る。ぼんやりした影を怪物だと思いこまないように、あれは宿の亭主がこの屋根裏部屋にしまいこんでいる箱やがらくたにすぎないと、自分にいいきかせる。なにかの袋のあいだを、ネズミがささっと走っていく音が聞こえた。

「なにもない」おれは声に出してそういった。雲のうしろから月がものうげに顔を出した。ひとつきりの窓から月の光がさしこみ、埃だらけの床に光の矩形（くけい）をこしらえた。

「わかったか、オットー」おれはまた声に出していった。「なにもないだろ。悪夢の名残（なごり）だったのさ。それだけのことだ」

おれはまたベッドに横になり、眠ろうとしたが、流れる雲が遠慮なく月をよぎり、部屋は、またもや黒い闇に閉ざされた。そしてまた、音が聞こえた。その音が大きくなったかと思うと、鼻息で屋根裏部屋のドアがばんと開いた。

「誰だ？」おれは声をあげた。「そこにいるのは誰だ？」

　音がしなくなった。

　だが、なにかが入ってきた。その存在が感じとれる。濡れた犬の毛のにおいがする。

　動こうにも動けなかった。口から出てこない悲鳴が、ナイフのように体内に突き刺さり、おれをベッドに釘付けにしている。

「なにが望みだ？」悲鳴のような声で、おれは闇に問いかけた。

　返事はない。

「なんとかいえ！」おれはわめいた。「そこにいるのはわかっているんだぞ」

　大きな獣の、いらだった唸り声が聞こえた。

　どれぐらい時間がたったのかわからない。ようやく悲鳴が喉の奥からほとばしり、おれは口の中に掛けぶとんの端を押しこんだ。恐怖におののき、裂けんばかりに目をみひらき、いくつもの影をみつめる。影たちは闇から抜け出すと、おれのベッドの足もとに立った。先頭の影は、戦場でおれが最初に殺した兵士だ。顔に大きな穴が開いている。そのうしろに、おれが殺した兵士たちの幽霊が並んでいる。手に手に燭台を持った幽霊たちが傷からなまなましい血を流しながら自分の名前をいうと、蠟燭がふっと消えてしまう。

　嫌悪で、体が冷たくなる。おれは自分の人生のことを、失ったもののことを必死で考え、これ以上幻影や幽霊に苦しめられずにすむことを願った。

　招かざる客の荒い呼吸音が聞こえるだけで、部屋の中はしんと静かだ。

「明かりをくれ」おれはたのんだ。「誰なのか、姿を見せてくれ」
一瞬、願いが聞きとどけられたのかと思った。ひょこひょこと上がったり下がったりしながら、ランタンの灯が近づいてきたからだ。ランタンを持っている者は見えない。だが、ふいに、おれはその者を見たくないと思った。
あの女だ。仮面を着けたナイフ爪の貴婦人だ。牙の跡が残っているくびすじは血まみれだ。貴婦人はすべるようにおれに向かってくる。左手の手のひらに白いヴェルヴェットのクッションをのせ、その上に長い親指の爪が丸まっている。貴婦人は身をかがめ、おれに顔を近づけた。死臭のような息のにおいが嗅げるほど近々と。
「わたくしの目はすべてを見通す」貴婦人はささやいた。「そなたは自分の力を知らぬのだな？」
次の瞬間、地獄から来た魔女はふっと消えた。悲鳴はまたもや口から出ていかず、おれは意識を失った。
町の時鐘が時を刻み、時間は夜の闇のなかを、疲れたように、鉄の足を引きずって進んでいく。
五つ目の、そして最後の鐘が鳴り終わると同時に、おれは意識をとりもどした。招かざる客の正体がなんであれ、この時刻には消えるのだ。あれが人間だったのか、それとも獣だったのか、おれにはわからない。
のろのろと白(しら)んでいく夜明けをみつめながら、なにもかも悪夢のなせるわざで、これまでに見た悪夢と同じく、なんの意味もないのだと自分にいいきかせた。
おれは勇気をだして、屋根裏部屋を見まわした。
前と変わりはない。
ただし、ひとつだけ変化があった。
あの火打箱がおれを放っておいてくれないことが、よくわかったのだ。そこにあるのが当然だとでもいうように、火打箱はぬいだ服の上にちょこんといすわっていた。おれは掛けぶとんをしっかりと体に巻きつけ、素足のまま、霜の降りた冷たい床に立った。

おずおずと火打箱に手をのばす。この呪われたしろものから逃げることはできないのだろうか？　おれには理解できない、なんらかの理由があって、おれは超自然の力に支配され、このしろものと切っても切れない契約に縛られているのだろうか。そのために、火打箱を焼いてしまうことも、地中に埋めてしまうこともできないのだろうか。

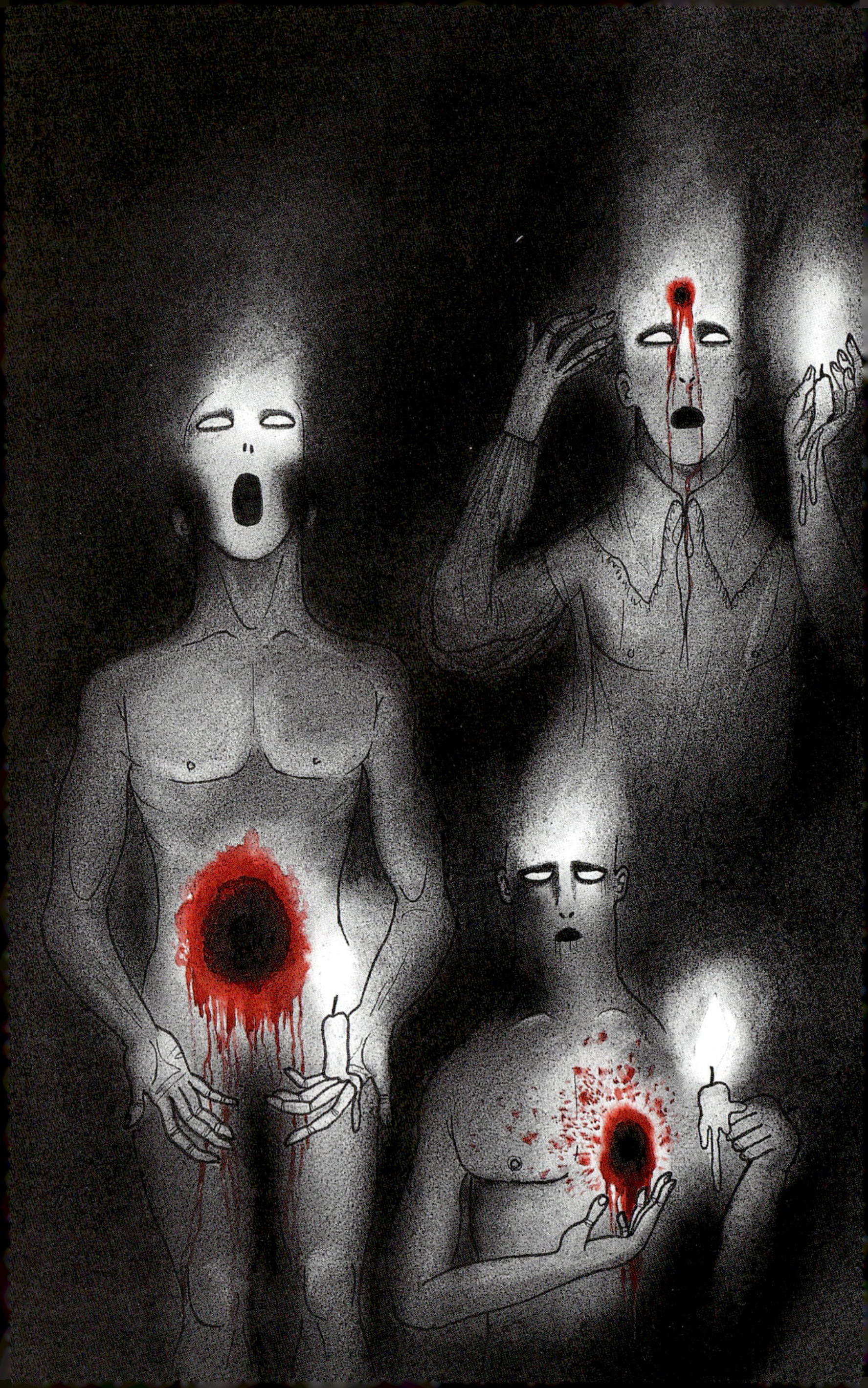

そういえば、大尉は二日酔いで痛む頭をかかえて目覚めると、もう二度と酒は飲まないと誓ったが、頭痛がおさまったとたんに、いそいそと酒瓶に手を出して、こういったものだ——こいつは、このやっかいな瓶は、おれの主なのさ。おれはなさけない召使いであって、決して主ではない、と。

おれは火打箱を手に取った。大尉のことばが、おれの気持を代弁していることを痛感する。口の中がからからに乾くのを覚えながら、蓋を開く。中になにがあると予想していたのか？　悪魔の心臓？　しかし、それはありきたりの火打箱とまったく同じだった。中にあるのは、鋼と火打ち石とほくち。

おれはのろのろと、ベッドのそばの蠟燭に手をのばした。深く息を吸いこむと、鋼のするどい縁で火打ち石をはじいた。火花が散る。

目の前に、黒い髪の男が現われた。手袋をはめた手にベルトを持っている。

「ご主人さま、なにをお望みですか？」男はそういった。

おれは火打箱に目をやり、ふたたび目をあげて、銅貨の部屋にいた男をみつめた。自分の目を信じるのに、しばらく時間がかかった。徐々に、悲鳴が出口をみつけて口からあふれでた。

「おまえなのか？　どうしておれに火打箱を取り憑かせているんだ？　たのむから、理由を教えてくれ」

「わたしも、わたしの兄たちも、火打箱が主をみつけるまでは、自由の身。たったいま、ご主人さまは火打ち石をはじかれた」

「ナイフ爪の貴婦人がこれをほしがったのも、そのためか？」

「あなたさまが火打ち石を一度はじかれたので、わたしが参りました。二度はじけば、銀貨の部屋の兄が参ります」

おれはやっとのことで訊き返した。「三度はじけば？」

「金貨の部屋の兄が参ります」

男は静かに立ったまま、生気のない目でおれをみつめている。
「ご主人さま、なにをお望みですか？」
いまのおれには、失うものなど、なにもない。
「暖かくしていられて、食事ができるように、おれの金を取りもどしたい」
その姿がちらちらと揺れたかと思うと、男は消えてしまった。
おれは自分の頭がどうかして、気が変になってしまったのだろうかと思った。

第22章

翌日の朝早く、宿の亭主が「だんな！　だんな！」と叫びながら、階段を駆けあがってきた。
屋根裏部屋のドアがばんと開く。「だんな、早く来ておくんなさい。奇跡でがんす。だんなのものが一切合切もどってきやした」
靴がないため、タイツをはいただけの足で、おれは亭主のあとから階段を降りていった。談話室で、メイドのマリーと宿のおかみがおれの背嚢をみつめていた。
「血がついてる」マリーの顔には畏れの表情が浮かんでいる。
血がついていようがいまいが、おれはおかまいなしに背嚢を取りあげた。うれしいことに、ずっしりと重い。金貨は無事だし、財布の金もそのままで、硬貨一枚すら減っていない。
そのうえ、そばの籠には、おれの服とブーツが入っていた。そのてっぺんに肩掛けかばんがのっていて、鞄の中にはサイコロがちゃんと収まっていた。そう、盗っ人どもに奪われたものが、一切合切もどってきたのだ。
「どうしてここに？」おれは訊いた。
「わかりやせんでがんす」亭主は答えた。「雌鶏どもがやたらとうるさいんで、裏庭にキツネが来たんだと思いやした。で、ドアを開けたら、これが全部、あったんでがす」
おれは安堵の波に身を任せた。
「魔女のしわざだ」おかみはつぶやいた。「そうに決まってる」
「それはどうかな」おれは思ったよりも大きな声を出してしまった。「誰かがやましい気持に駆られて返してよこした、と考えるほうが当たっているかもしれない」
亭主は、自分たちはいっさい関係がないと、必死で弁解した。
「魔女のしわざだってば」おかみはくりかえした。「魔法使いかもしれない。荷物に悪魔の手がかかったのが見える」

亭主は女房のほうに向きなおった。
「おまえときたら、あれが見える、これが見えると、くだらないたわごとばかりぬかしやがって。だんな、あいすみません」
あわあわといいつのる亭主を見て、一瞬、亭主が盗みのことを白状しようとしているのではないかと疑った。
「だんなが文無しになったとわかったとき、あっしはひどくがっくりしてしまいやして。けんど、今朝になって、だんなに元の部屋にもどってくれとおたのみ申しあげるつもりだったんでがすよ。そうだよな、おまえ？」
「さいですとも」おかみはそれが正しいのか、まちがっているのか、わからないといった口ぶりで答えた。「つづき部屋で、居心地のいい寝室」
おれは疲れていて、寒くて、腹が減っていた。「とりあえず、朝食がほしい。それと、コーヒー。そう、熱いコーヒー」
「コーヒー」おかみはいった。「魔女の飲みもの」
「おまえ、その舌を引っこめておけ。マリー、コーヒーだ」
この三人がそれほど早く行動するのを初めて見た。昼ごろには、おれは暖炉に火が勢いよく燃えるつづき部屋にいて、王さまのような食事をしていた。やがて、仕立屋が最上の服とマントを持って、いそいそとやってきた。
凍えそうな思いをした一昼夜のあと、ようやく暖かい部屋でぬくぬくとしているうちに、頭もしっかり働きだし、夜明けに起こった途方もないことをよく考えることができるようになった。おれは火打箱の持ち主、つまり“ご主人さま”で、もしそうなら、サファイヤーを自由の身にしてこの町から連れだすこと以外に、なにを望むというのか？
新鮮な空気を吸いながら歩きまわって、じっくりと考える時間が必要だ。だが、背嚢と火打箱をどこに隠せばいいだろう？　おれは足音をしのばせて階段を昇り、屋根裏部屋のドアを開けた。そして、積み重ねてある箱や袋の下に、おれのお宝を隠した。

宿を出ようとしたときに、黄ばんだ顔、てかてか光る鼻の治安役人がやってきた。

「マスター・フントビス」

「はい？　出かけるところなんですが」

役人はドアをふさぐように立っていて、大柄で横幅も広いため、押しのけるのはむずかしい。

「昨夜はどこにいた？」

「あのみじめな屋根裏部屋に」

「では、屋根裏部屋から一歩も出なかったのだな？」

「そうです。どうして出られましょう？　ブーツもなかったんですよ。おれに翼でもあると？」

そういったとたん、おれはまちがいをしでかしたことに気づいた。というのも、おれのことばに役人が衝撃を受け、あやうく失神しそうになったからだ。

おれは役人の腕をつかんで支えてやり、椅子にすわらせて、両膝のあいだに頭を押しこんでやった。大尉にはよく効いた方法だ。宿の亭主を呼び、コニャックを持ってくるようにいった。ふと目をあげると、宿の前には町の人々が詰めかけていた。

「なにごとですか？」そう訊いたものの、本気で知りたかったわけではない。

「じ、人狼が……お、襲ってきたんだ」役人は顔をあげながらそういった。「だが、今回の襲撃は、以前とはちがう」

「誰が襲われたんです？」

「金商人のマスター・クレムパルと、ふたりの徒弟だ」少し間を置いて、「ほとんど……なにも……残っとらん」
役人は急に立ちあがってドアまで走ると、外に出て吐いた。
宿の前に集まっていた人々のなかから、女の声があがった。「いつになったら、呪いが解けるんだい？」
「死体が広場に運ばれてくるぞ」そういう声があがると、波が引くように、人々はぞろぞろと去っていった。
金がもどったことや火打箱の主になったことで、ほっこりしていた気分が急速に薄れていった。
これが代価なのだ。盗っ人たちの死。
こんなことを望んだわけではなかったのに。

第23章

宿の前に集まっていたのは、おれに対して敵意をもつ一団だった。おれに罪があろうとなかろうと、おれは彼らの不安の元凶とみなされていたのだ。
夕暮れどき、公爵家の警備隊が広場にやってきたため、善良な町民たちはしぶしぶと退散した。
おれはけっきょく外には出ずに、部屋で暖炉の炎を眺めながらその日をすごした。火打箱は思いもしなかった出来事をもたらし、あの大金をきらきら光るだけのつまらないしろものにしてしまった。おれの望みはなんだ？　ただひとつ、サファイヤーだ。
真夜中、おれはランタンを手に、そっと屋根裏部屋に行った。宝を隠してある場所を誰にも知られたくなかったので、なにか物音がしないか、耳をそばだてながら階段を昇る。影が住まう屋根裏部屋では、いくつもの影が怪物めいて見え、おれは気が変になりそうになったが、火打箱を手に取りたいという気持のほうが強かった。そのためなら、どんな相手とも戦えただろう。それが火打箱に秘められた力なのだ。
火打箱を手に自分の部屋にもどると、おれはそれをテーブルに置いた。昼のあとに夜が来るのは避けられない。
鋼で火打ち石を二度はじくと、銀貨の部屋にいた男が現われた。銅貨の部屋の弟より背が高く、やせていて、髪は銀色だ。青い目は氷のようだ。鏡に映る像のように、その姿はゆらゆら揺れている。手にはベルトを持っている。

「ご主人さま、なにをお望みですか？」男はいった。
　男の目はぴたりとおれに据えられている。あの半獣の男もそうだったが、この人狼も、とっくにおれの考えを読み、おれの心の奥底にある暗い部分を見てとっているにちがいないが、まだおれを断罪するつもりはないようだ。
「レディ・サファイヤーをここに連れてきてほしい」
　最後のことばが口から出るより早く、すべての蠟燭（ろうそく）の火が消えた。
「殺しますよ」闇のなかで声がした。「誓ってもいい。殺します」
　蠟燭の火がぱっとつくと、モスリンの寝間着姿の彼女がいた。髪は炎のように赤く、目にも炎を燃やし、短剣をかまえた彼女が。
　どこをとっても完璧な彼女を見たとたん、おれはぼうっとしてしまった。その顔は記憶にあるよりも美しい。
　彼女は短剣の切っ先をおれの心臓に向けたまま、前に進みでた。短剣よりもなによりも怖かったのは、現われたときと同様に、彼女がふっと

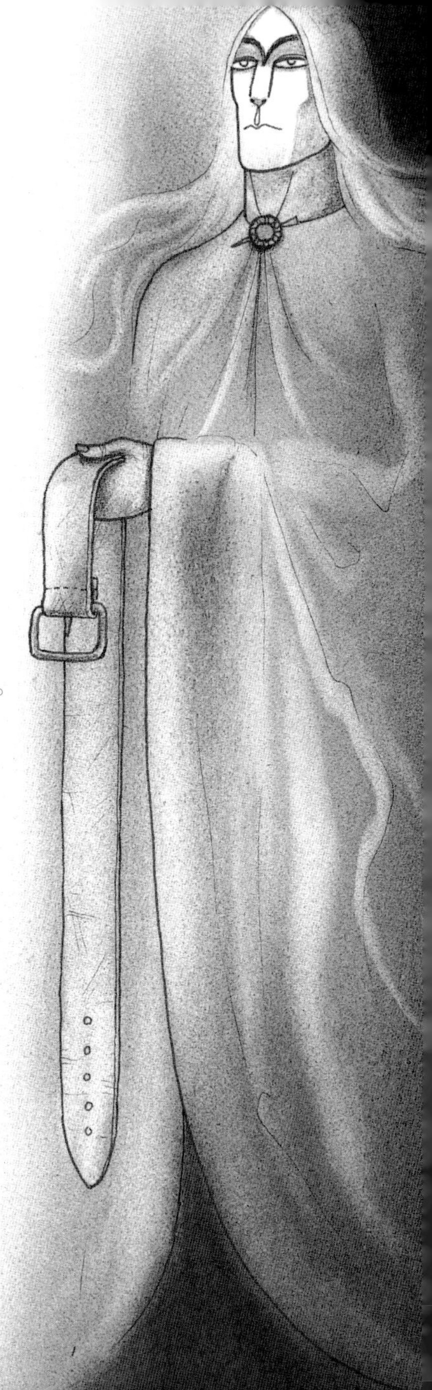

消えてしまうことだった。

　短剣を放すのではないかと期待して、おれは彼女の手をつかもうとした。

　彼女はおれの手をふりほどいた。

　頬に焼けるような痛みが走り、血が口に流れこむ。

「オットーだよ」おれはいった。「忘れたのかい？　オットーだよ」

　彼女の耳には届いていない。おれは彼女を押し返そうとしたが、彼女は山猫のようにおれに向かってくる。

「そなたから王子にいうがいい」

　今度は手を切られた。血を見てひるんだらしく、彼女は短剣を取り落とした。短剣は音をたてて床に落ちた。おれはすばやく短剣を踏みつけた。

「王子にいうがいい」

　彼女はあとずさりしておれから離れていく。

「彼と結婚するぐらいなら、彼を殺してしまうと。わたしの婚礼衣装は、処刑用の首吊り縄にしたほうがいいと」
「オットーだよ」おれはまたいった。「大きな木のところで会っただろ？」
「オットー？」彼女は荒い息をつきながら目をあげた。寝間着の襟ぐりが肩からずりおちている。
「オットー」初めて会ったかのような口ぶりだ。
「そうだ」
「雌鶏（めんどり）を抱えてた」
「そうだよ」
「ここでなにをしているの？　あなたも王子の手下のひとりなの？」
「いいや、ちがう」
「これは夢だといって。だって、あなたの手と頰から血が流れてる。あたしが傷つけたのね。でも、ついいましがた、王子の手下がわたしの寝室に入ってきたのよ」

「たぶん、おれたちはふたりとも眠っているんだよ。で、夢のなかで、こうして会える機会ができたんだ」
「そうね、あなたのいうとおりかもしれない」
　サファイヤーはおれの頰に触れた。その手の温かさに、おれも彼女も胸の鼓動が速くなった。「わたしが傷つけたの？」
　部屋が変わっている。
　埃だらけで、あちこちネズミにかじられていた綾織りのカーテンは、いまはすばらしいタペストリーと化している。質素なベッドは、王にふさわしい天蓋つきの豪華な四柱式寝台だ。隣の居間も贅沢なしつらえに変わっていた。壁にはりっぱな羽目板が張りめぐらされ、天井のまんなかには大きなシャンデリアが下がり、何本もの蠟燭の光が真下の円形のテーブルを明るく照らしだしている。テーブルには、花にくだもの、そしてワインがのっている。どこからともなく音楽が流れてくる。
「まあ」サファイヤーは感嘆の声をあげると、宮廷風に軽く膝を曲げておじぎをした。「ここはあなたのお城なの？　なんといっていいのか、ことばがみつからない。あなたはあの王子よりも裕福にちがいないわ」サファイヤーは顔を輝かせて笑った。「オットー、あなたは魔法使いなのね」
　そうかもしれない。おれには火打箱を自在に使える力があるのだ。
　おれたちはワインを飲み、くだものを食べた。サファイヤーは顔も知らない母親のことを話した。
「壁に囲まれたお城が母の心をこわしたの……貴族のしきたりや作法にがんじがらめになって……。
　わたしが生まれた、その夜に、母は亡くなった。
　三人の兄はわたしを遊び仲間に入れてくれた……木や城壁に登ったわ。高いところは少しも怖くなかった。

兄たちは世界を見捨てて海に沈むままにした。
でも、兄たちは生きている。
兄たちがもどってくるまで、わたしはここを離れられないの」
おれは彼女の腕に手を置いた。
「あなたも石よりも硬く波よりも荒い、つらい寂しさのなかに投げこまれたのね。わたしと同じように、その寂しさが、あなたをこの重苦しい大地に縛りつけているのよ」
おれは身をのりだして、サファイヤーにキスした。
「夢のなかでだけ、わたしたちは野性の心を解放して、ほんとうの自分にもどれる。夢のなかでなら、わたしは木に登れるし、わたしと同じように寂しい目をした若者と会える」
サファイヤーにいいたいことは山ほどあるのだが、それがぐちゃぐちゃにもつれてしまって、ことばにならない。おれは黙って、サファイヤーがゆっくりと踊りながら部屋の中をめぐるのを、じっと見守っていた。
「夢のなかで、誰かと恋に落ちることができるのかしら？」
「うん」おれはうなずいた。「もちろん、できる」

第24章

朝の五時、広場の時鐘が鳴った。
おれはひとりぼっちで、豪華な部屋も消えていた。だが、匂いも手ごたえも残っている。現(うつつ)と紛(まご)う夢を見るなんてことがありうるのだろうか？
火打箱はちゃんとある。テーブルに鎮座ましましている。おれは声をあげて笑った。
今日も夜になったら、サファイヤーを連れてきてもらおう。おれは王子だ。いや、王だ。今朝ほど、世の中がきらきらと輝き、すばらしく見えることは、これまでに一度もなかった。このおれに、この身に、ふつうなら考えも及ばないような、不思議なことが起こったのだ。もはや、サファイヤーの婚礼のことや、おれ自身の安全のことで、くよくよ悩む必要はない。なぜならば、おれはいつでも人狼たちを呼びよせ、サファイヤーといっしょに運び去ってもらうことができるのだから。とはいうものの、ひとつ、重大な問題がある。サファイヤーは兄たちがもどってくるまで、この町を離れられないのだ。
しかし、解決策はある。サファイヤーの三人の兄がまだ生きているのなら、火打箱の火打ち石を鋼(はがね)ではじいて、人狼に連れてきてもらえばいいのだ。
人生なんて単純なものだと楽観していたため、おれはぼんくら国のぼんくら王になっていた。
宿の亭主が起きだした音を聞きながら、おれは目を閉じて眠りに落ちていった。

朝も遅くに目を覚ましたおれは、服に着替えてからサイコロを振った。ここにとどまれと告げる、ジャックが四個と10の目が出ることを期待して。だが、驚いたことに、サイコロが出したのは、ジャックが四個と９の目だった。旅だって西へ行けと告げている。

サイコロのお告げに従うのはいやだ。今日はいやだ。おれはサイコロを肩掛けかばんにしまいこむと、この世をこよなくいとおしく思いながら宿を出て、マダム・カーツの店を捜した。サファイヤーが目覚めたときに、夜のあいだに起こったことは決して夢ではないのだとわかる、証となるような品を買おうと思ったのだ。

マダム・カーツの店は市場の立つ広場からはずれた、人目につかない路地にあった。窓辺に飾られた品々に目を奪われる。あやつり人形がぶらさがり、その下には珍しい品々が置かれ、蠟燭の火がちらつく窓の向こうは魔法の洞窟のようだ。ドアを押すと鈴がちりんと鳴り、店の奥からマダム・カーツが出てきた。

「オットー、来てくれるのを待ってたよ」

棚には壺がひしめき、天井からはハーブの束がいくつもぶらさがっている店内を、おれはきょろきょろと見まわした。

「薬が必要になったわけじゃなさそうだね。うん、愛のメダルがほしいんだろ」

マダム・カーツはこまごました装身具を並べたトレイを見せてくれた。そのどれもが赤くきらめいて見える。鳥の羽根、小石、遠い海辺で採れた貝殻、乾かした薔薇の花、茶色の卵、砂の詰まった小瓶、磨かれていない宝石の原石。

どれを買おうかと迷っていると、マダム・カーツが引き出しから金の指輪を取りだした。よほど華奢な指でなければ合わないような細いリングに、サファイヤーの心のように燃えたつ赤いルビーがついている。

「この宝石はあんたにいろんな話を聞かせてくれるかもしれないよ。赤は情熱の色、炎の色、そして血の色だ」

おれは指輪を光にかざしてみた。そうだ、これはサファイヤーのために造られたものだ。

「これをもらいます。いくらですか？」

マダム・カーツが口にした値は、おれの心づもりをかなり下まわっていた。

絹の布に包んだ指輪をよこしながら、マダム・カーツは人形芝居の親方がおれと急いで話をしたがっていると伝えてくれた。そして店を閉め、おれといっしょに川に向かって歩きだした。

待っていた親方はあいさつがわりに片手をあげて、おれたちに近づいてきた。

「やあ、会えたな。よかった、ほんとうによかった。ちょっと歩こうか」親方はおれたちをうながして、町の防壁のほうに向かった。

魚釣り船が凍りつき、森から冷たい風がうなりをあげて吹いてくる川岸を下流に向かっていったところに、傾(かし)いだ居酒屋があった。居酒屋の亭主は親方とマダム・カーツとは旧知の仲らしく、暖炉の火がぱちぱちとはぜて寒気を追い払っている奥の小部屋に通してくれた。そして水差しいっぱいのビールと、ソーセージと、パンの塊を運んできた。亭主がいなくなるのを待って、親方はいった。

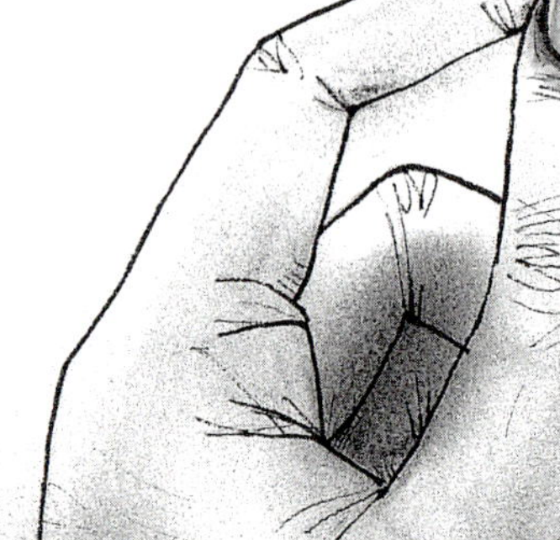

「前にいっただろ。この町はよそ者を歓迎しないって」
「自分のめんどうぐらい、自分でみられますよ」
「あんたはひどく危険な立場にいるんだよ」マダム・カーツはいった。「おまえさん、こんひとに教えてあげなよ」
「この町は」親方はいった。「みずからの影に怯え、隣人の足音に不安を覚え、壁に魔女の耳がついているのではないかと恐れとるんだ。あんたにはわからんかね？　この町で生まれ育った、このダグマでさえ、魔女だとみなされとる。図抜けて背が高い、たったそれだけで、妙な目で見られる。いまは人狼たちが町の衆を襲っとるんで、誰もかれもが、ただもうちぢみあがっとる。町長は、この町の者ではない誰かに指を突きつけたくて、うずうずしとる。よそ者ならおあつらえの靴なんだよ。こういう問題にぴったり合う、異郷の靴なのさ。役人はためらいなくあんたを捕まえて、首吊りの処刑人のもとに引きずっていくだろう。処刑人はためらいもなくあんたを拷問し、首吊り台に引きずっていくだろう」
　マダム・カーツはひどく静かにつけくわえた。「今夜、こんひとがあんたを逃してくれるって」
「おれは行けない。まだこの町を出ていけないんだ」
　ふたりの好意はありがたかったが、おれは夜になってサファイヤーに会うことしか考えられなかった。ほかのことはあとで考えればいい。
　おれは立ちあがってふたりにさよならをいい、じきに町を出ていくと請け合った。
「じきに、って」マダム・カーツはいった。「それじゃあ手遅れになっちまうよ」

第25章

宿の〈黒い鷺(さぎ)〉に帰る途中で、おれは誰かに尾(つ)けられているのに気づいた。それほど距離をとらずに尾けてくる男の、腰に帯びた剣がかちゃかちゃ鳴っている。ふりむくたびに、男はうしろにいた。おれの影を踏まんばかりの距離を保って、ぴったりとついてくる。男がおれを捕まえたいだけならいいのだが。

大勢の人々のなかにまじっていれば安心——というのはまちがいだ。なぜなら、畑の麦が切り倒されて腐るがままに放置されるように、住人全員が殺された村をいくつも見てきたからだ。おれを尾けている影踏み男は、おれを切り倒すところを、市場に店を出している店主たちの何人かに見られても、いっこうに気にしないだろう。それは確かだ。

おれは、まにあわせの物を橇(そり)にして遊んでいる子どもたちに賭けてみることにした。いかにも目的ありげに子どもたちのほうに向かう。ちょうどそのとき、数人の子どもたちが力をこめて橇をすべらせた。橇に乗った子どもが凍った丸石の道を勢いよくすべり降りてくる。おれはすばやくその通り道から離れた。影踏み男はおれに数歩遅れていたために、はなばなしく橇と衝突した。てんやわんやの大騒ぎをあとに、おれはその場を逃げ出した。

宿にもどると、マリーが手桶をかたわらに、ブラシで石の床を洗っていた。宿のパブでは、四人の商人がワインでほろ酔いになっている。

「お役人さまが約束どおりにしてくれるとええんだが」商人のひとりがいった。「婚礼までにひとでなしをとっ捕まえて、縛り首にしてくれりゃええんだが」
「けどよ、そのひとでなし野郎ってのは誰のこったい？」生姜(しょうが)色の髭の商人が訊く。
「町議会はよそ者にちがいねえって結論をくだした。この町には、よそもんはひとりっきゃいねえ……マリー！」男は大声をあげた。「おめえんちの客、なんて名前だ？」
それ以上そこにとどまって聞いているわけにはいかなくなったので、おれは姿を見られないようにして部屋にもどり、ドアを閉めて鍵をかけた。窓の外をのぞくと、太陽が沈みはじめ、泣き顔の空に勝ちを譲るところだった。
おれを尾けまわしている影踏み男が、いまは向かいの家の戸口にたたずみ、この部屋を見あげている。おれは鎧戸(よろいど)を閉め、ベッドに寝ころがった。時間はおれの意のままにはならない。夜間でないと火打箱にもどうにもできないのなら、このいまいましい状況からぬけだす方法を考える時間はたっぷりある。
逃げ出さずに、町の人々に好きなだけ噂をさせておく、というのはどうだろう。おれはミダス王のように金持で、いざとなれば、火打ち石を鋼(はがね)ではじくだけで、強力な人狼たちの力を駆使できるのだ。明日まで待てないことなど、なにひとつありはしない。
ポケットから指輪を取りだし、暖炉の火にかざしてみる。サファイヤーのように自由な心をもつ者を、彼女を愛してもいない王子の手に渡してなるものか。王子は彼女の内なる炎も輝きも消してしまうに決まっている。
サファイヤーとはいっしょになれないという考えは、これっぽっちも頭に浮かばなかった。おれは目を閉じた。

頭の上には、どこまでも空が広がっている。その空の下には、無力なおれ。
姉が血のように赤い川の上に立ち、おれを呼んでいる。
マスケット銃が火を噴くすさまじい音が、姉の声をかき消してしまう。
すると、これが別れのときなのだ。
いくらがんばっても、おれは姉に近づけない。
取るに足らないちっぽけなおれは、恐れおののいている。
遠くの、煙が立ち昇る戦場から、ふたつの人影が現われた。ひとりはフードをかぶっている男。いまひとりは赤いマントをまとった子ども。女の子だ。
ふたりは信じられないような速さで川を渡りはじめたかと思うと、姉を通り越して、こちら岸にたどりつき、おれの傍らで立ちどまった。
女の子がおれの胴着を引っぱり、おとなの女の声でいった。
「あんたのポケットに入っている指輪は、あたしのよ」
おれは泣きながら指輪をポケットから取りだし、女の子に渡した。「姉ちゃんが」
おれは川に沈んでいく女の悲鳴を聞いていることしかできない。
女の子は指輪を空中に放った。
おれは、やめてくれ、指輪がどこかにいってしまうといいたかった。
だが、女の子の手から放たれたのは、赤い胸の鳥だった。鳥は翼を広げて飛んでいき、やがて空にとけこんでしまった。
フードをかぶった男がゆっくりとおれのほうに目を向けた。
男の歯が、目が、見えた。
おれが見ているのは、狼の貌だった。

目が覚めたとき、ほんの一瞬だったが、おれは自分がどこにいるのか、自分が誰なのか、わからなかった。家族が死んでしまったのを知ったときよりも喪失感が強く、森をさまよっていたときよりも頭が混乱し、戦場で戦っていたときよりも心に深い傷を負っていた。だが、手のなかの指輪の重みで、おれは我に返った。おそらく、このなかなか実らない愛が、いっそうひどい悪夢を見せているのだろう。

サファイヤー、サファイヤー。

おれはどうしても知りたい。おれを愛しているということばを、あんたの口から聞きたい。

もしサファイヤーが、昼間の陽光のもとでは夜の熱情は幻であり、彼女がおれを心から愛しているわけではないというのなら、おれは荷物をまとめ、火打箱を持って、この町を去る。

広場の時鐘が真夜中を告げた。震える指で、おれは鋼で火打ち石を三度はじいた。目をあげる前から、彼がそこにいるのはわかった。金貨の部屋にいた男だ。男は金色の秋の光をまとって輝いている。

「ご主人さま。なにをお望みですか？」

「レディ・サファイヤーをおれのもとに連れてきてほしい」

しかし、男は動かない。

おれはもう一度いった。「レディ・サファイヤーをおれのもとに連れてこい」

やはり男は動かない。

「姉上がおられたのか？」ようやく男は口を開いた。

その質問に、おれは思わずたじろいだ。「ああ、そうだ」

「姉上をとても愛していた？」

「ああ、そうだ」

「ならば、男にとって、女のきょうだいがどれほどすばらしい天からの贈り物かということは、よくわかっているのだな？」

「よくわかっている」

　男は少しずつおれに近づいてきていた。ふたつの目は金色の水をたたえた海だ。

「サファイヤーをおれのもとに連れてきてくれ。それが望みだ」

　男は消えた。

　またもや、宿屋の貧相な部屋が豪奢な部屋に変わった。無数の蠟燭の火が煌々とともり、夜とも昼ともつかない明るさだ。

　背中で彼女の気配を覚った。背後から、彼女はおれの目を両手でおおった。「誰だと思う？」彼女はささやいた。

　おれはくるっと向きなおって彼女を腕に抱きとり、キスした。

　貴族の姫君と、農民あがりの兵士とが、すべてを忘れて抱きあう。

　おれは身を離した。「昼の光のなかでおれを見ることがあっても、それでもあんたは、おれをほしいと思うだろうか？」

「大嫌いな男といっしょになるように申し渡されているの」サファイヤーの顔は真剣で、目は悲しげだった。「これが夢であろうとなかろうと、あなたこそがわたしの夫であり、永遠の伴侶よ。あなただけがわたしの炎を抑えてくれる」

　おれは彼女の手を取り、次の間に行った。なにもかも完璧だ——サファイヤーが三枚の肖像画に目を留めるまで、おれはそう思っていた。

　肖像画を目にした彼女の顔に影がさした。

「あれはわたしの三人の兄」

　肖像画は三枚とも、若くて見目よい男のものだった。ひとりは銅色の、ひとりは銀色の、そして三人目は金色の服を着ている。背景は三枚とも同じだ——暗く、静謐な森。

「兄たちをごぞんじなの？」サファイヤーの目が、探るようにおれの目をみつめている。

「残念だけど、知らない」否定したものの、知っているのかもしれないという恐怖に襲われる。

サファイヤーは肖像画に目をもどした。と、三人の男の絵姿は消え、額縁の中に残っているのは、暗い森だけとなった。

「わたし、やはり夢を見ているのね。兄さまたちのお顔を見たと思ったら、消えてしまったんだもの」太陽を嵐雲がよぎるかのように、暗い顔でサファイヤーはいった。「あなたは、兄さまたちを連れもどしてくれる力をおもちなの？」

「しーっ。静かに。いまは、おれたちには考えもつかないような、夜と昼のあわいの刻（とき）なんだよ」

おれはサファイヤーに目をつぶらせた。まぶたを閉じると、彼女の濃くて長いまつげが、いまにも羽ばたいて飛び立ちそうに、ふるふると揺れる。おれは彼女の指にあの指輪をはめた。心臓の鼓動が止まっ

たような気がした。

サファイヤーは目を開けた。「ずっとあなたを待っていたのよ」そういっておれにキスする。

おれは彼女の寝間着のリボンをほどいてぬがせ、彼女はおれの胴着のボタンをはずし、シャツをぬがせた。

笑いながら、たがいに残りの服をぬがせると、やわらかいベッドに倒れこんだ。ふたりとも、体が燃えるように熱い。金色の光のなかで、おれたちは愛しあった。今夜はおれたちふたりのものだ。

喪失感は消えた。

老(ふ)けこんだ気分は消えた。

悪夢は消えた。

道は曲がりくねって、故郷につながった。

第26章

雄鶏（おんどり）が朝を告げるよりも早く、来たときと同じように、サファイヤーはすっと消え、豪奢な部屋も貧相な部屋にもどった。ほんの一瞬前までサファイヤーがかたわらで寝ていた夢と、現（うつつ）のあわいのなかで、おれは幸福そのものだった。愛という不思議な驚異にどっぷりと酔っていた。

早朝の光が、以前はなにげなく見ていたすべてのものを、新奇なものに変えている。おれは愛が醸（かも）した酒に酔っていた。

いまや、おれのいちばんのお宝となった火打箱は、すぐかたわらにある。よかった。火打箱にはサファイヤーを連れてきてくれる力があるために、おれにとっては金貨よりも貴重なお宝となったのだ。

みずみずしい新しい一日を迎えて、おれはふっと息をついた。長いあいだなんの意味もなかった人生に、ようやく目的を見いだすことができたのだ。

おれは決意した——サファイヤーと婚礼をあげる日には、そのお祝いに、彼女の三人の兄さんを自由にしてあげよう。おれひとりが幸運を我がものとして、三人を人狼のままにしておくのは、決して正当ではないと思えるからだ。愚かな決意だといえる。利口な者なら、幸運を友と呼ぶだろうに。

おれは火打箱の鋼（はがね）を一度だけはじいた。薄暗がりに隠れている彼の姿は見えなかったが、声は聞こえた。

「ご主人さま、なにをお望みですか？」
　銅貨の部屋の男の声だ。
「調べてほしいんだ……サファイヤーの兄さんたちの身になにが起こったのかを。三人を解放してあげる方法をみつけるために」
　喉の奥で呼吸がよじれ、結びこぶとなって喉が詰まる。そしておれは悟った——自分が本気で答を知りたいとは思っていないことを。
　しかし、男の返事をおれは待った。返事はない。男が消えたと確信して、おれはほっと安堵し、ベッドに寝そべって、踊っているサファイヤーの姿を思いうかべた。サファイヤー。その名がなんという喜びをもたらしてくれることか。恋する男にとって、昼間はいかにも長く、不安のほかになにも生まない、無益な時間の積み重ねにすぎない。夜よ、早く来い。サファイヤーをおれのもとに連れてきてくれ。

　おれは森にいる。木々の枝のすきまから、玉虫色の絹布に似た太陽の光がさしこんでいる。地面をおおっている丈高いシダの茂みの上を、宝石細工のトンボが踊るように飛んでいる。陽炎(かげろう)の向こうから、三人の男が馬をこちらに進めてくる。いまは夏。この季節には、木々が緑豊かな葉をつけることを、おれはすっかり忘れていた。
　三人の乗り手は、樫(かし)の古木の下で馬を停めた。きらきら光る木漏れ陽(こもれび)が、若々しい、まじめな顔を照らしている。三人はたがいに忠誠を誓い、妹サファイヤーを守り、暴虐の公国から解き放つことを誓いあった。銅貨の部屋の男がおれのそばに立った。この男が案内役として、おれに過去の真実を見せてくれているのだ。

「過ぎ去った日々は、消えかけた炎の揺らぎのなかでしか見ることがかなわない」男はいう。「この炎は、後悔という風に煽(あお)られて、金色に燃えあがっている。あれがわたしだ」男は乗り手のひとりを指さした。「わたしの名はゲルハルト。18歳。あのふたりはわたしの兄だ。ふたごで、わたしより二歳上。銀色の髪のほうがゲルフレトで、金色の髪のほうがゴトフレト。わたしたちは公国を追放され、妹に会うのも禁じられたため、この森に集まったのだ」

「なんの罪で？」おれは訊いた。

「我らがご主人であるあなたがいみじくも泣き言夫人と名づけた、父上の後妻に与（くみ）する者たちにとっては、我ら三人は邪魔なトゲだからだ。あの女は生まれついての魔女なのだが、その魔力は、あの女の妹にくらべれば、微々たるもの。だがあの女は美貌を武器にして、公爵である父上に魔法をかけて虜（とりこ）にし、首尾よく妻となった。それ以降、父上は木偶（でく）さながら、彼女の手であやつられる人形となられた。だが、公爵夫人はそれだけでは満足しなかった。さらに多くのものをほしがった。父上とその後継ぎの息子たちから領土を取りあげ、自分と、愛人の王子が統治できるようにしたかったのだ。公爵夫人は妹の魔力を助けとして、悪辣な企みを思いついた」

　熱気で、見ている光景の縁が揺らぎ、いまにも幻影が炎に呑まれそうだ。

　木々の下に兵士たちが集まってきた。列をなした兵士のなかから、馬に乗った男が兄弟のほうに向かってきた。表情をこしらえる手間暇も惜しいとでもいうような、のっぺりとした顔つきだ。口もとには卑しいしわが刻まれ、酷薄な印象を与えている。女たちが男ぶりがいいと騒ぎそうなこの顔を、おれは前に見ている。町に入る前の道で、城の迷路で、二度見ている。

「この男は」案内役はいう。「わたしたちを公爵領から追い出し、公爵夫人と彼女の手下の兵士たちから遠ざけるのに協力すると、公爵夫人に約束した王子だ。そして王子が率いているのは、わたしたちを捕らえるために、わたしたちの金をばらまいて雇った兵士たちだ。この段階では、わたしたちは彼らを救援部隊だと思っている」

三人の兄弟は馬の速度を落とした。王子が先頭に立ち、兵士たちはそのあとにつづいた。彼らの姿は、陽炎のなかでゆらゆらと揺れる幽霊に見える。

どうしてこんなに速く動けるのかわからなかったが、おれは彼らに遅れをとらじとばかりにあとを追う。森の木々も風も溶けあってしまったかのように感じられるほどの速さで進み、おれは彼らに追いついた。

ふたたび、おれは氷の丸天井の部屋にいた。夏なのに、石の床は霜におおわれている。あの女がいる。ナイフ爪の貴婦人が椅子にすわっている。その前を、泣き言夫人が行ったり来たりしている。

「妹よ、そなたに求めているのはささいな助力で、それ以上のものではない。なんといっても、そなたの莫大な富を守る番人が必要であろうに」
「姉上、わたくしにあなたの遠回しな願いが見通せないとお思いか？」ナイフ爪の貴婦人はいう。「あなたのねじくれた心臓が太鼓のようにどきどきと高鳴り、胸の思いを告げている。姉上には、踵（かかと）をすりへらすほど歩いてもまだ果てが見えないほど広大な公爵領を、さしあげたではないか。それに、姉上ご自身が深く熱い想いをおもちだったがゆえに、公爵と結婚なさったのではないのか？」

「それは王子に会う前の話だ」

「満足ということをごぞんじないのか、姉上は？　あなたはたぐいまれな美貌と、魔力に等しいあやしい魅力をおもちだ。母上のご意志のせいで、わたくしはどちらも恵まれなかった。しかも、わたくしはいつも、あなたの命令に応じている」

「こたびの願いさえかなえてくれれば」泣き言夫人はいう。「もう二度とそなたにはたのみごとなどせぬ。二度と。約束する」

　泣き言夫人のことばは炎となって、霜におおわれた床を舐めた。

「嘘ばっかり」ナイフ爪の貴婦人は立ちあがって、姉に近づいた。渦を巻いていた長い爪がくるくるとほどける。その爪の先端で、姉の腕を刺す。「姉上と、あなたの王子さまに呪いを」

「妹よ！　まさか本気ではあるまい？」

「本気ですとも。あなたの継娘が17歳になったときに、あなたの王子と結婚できなければ、姉上にも王子にも、わたくしの呪いがふりかかる」

「なぜそんな呪いを？」

　ナイフ爪の貴婦人は笑った。「なぜならば、嫉妬が姉上の淫蕩な心を喰いつくすから」

「そなたにそれほど憎まれるようなことを、なにかしたか？」

「おわかりにならないのか？　よほど鈍感で頭の悪い女なのだな。その尖った鼻先しか見えない、つくづくと欲深な女。はっきりいっておく。必ずやわたくしがいったとおりになる。あなたの継娘が王子ではなく、どこかの誰かと結婚すれば、姉上も王子も死ぬ」

　目をあげると、氷の丸天井が黒い雲におおわれていた。その黒雲が渦を巻きながら下降してくる。何千という青蠅（あおばえ）の大群は、床に降りてきたとたんにいくつもの群れに分かれ、召使いたちと、玉虫色にきらめく武具に身を固めた衛兵と化し、ナイフ爪の貴婦人を取り囲んで警護についた。

　泣き言夫人は嫌悪のまなざしで妹をみつめる。「そういうことか」

　王子が入ってきた。王子の傭兵たちが三人の兄弟を引きずってくる。兄弟はさるぐつわを嚙まされ、両手を縛られている。王子の薄いくちびるがめくれあがって酷薄な笑いとなる。この微笑が自分の魅力だと承知していて、それが自慢なのだ。
　クッションの上に三本のベルト。召使いたちのなかから、生気のない男が前に進みでた。火打箱を捧げもっている。
　ナイフ爪の貴婦人は一本目のベルトを取り、ゆっくりとゲルハルトに巻きつけた。ゲルハルトの顔から色が抜け、四肢がばらばらになりそうに体がよじれて震えだした。まず、体がぐんと大きくなる。急速に頭や顔から人間らしさが失われていき、狼のそれに変化していく。

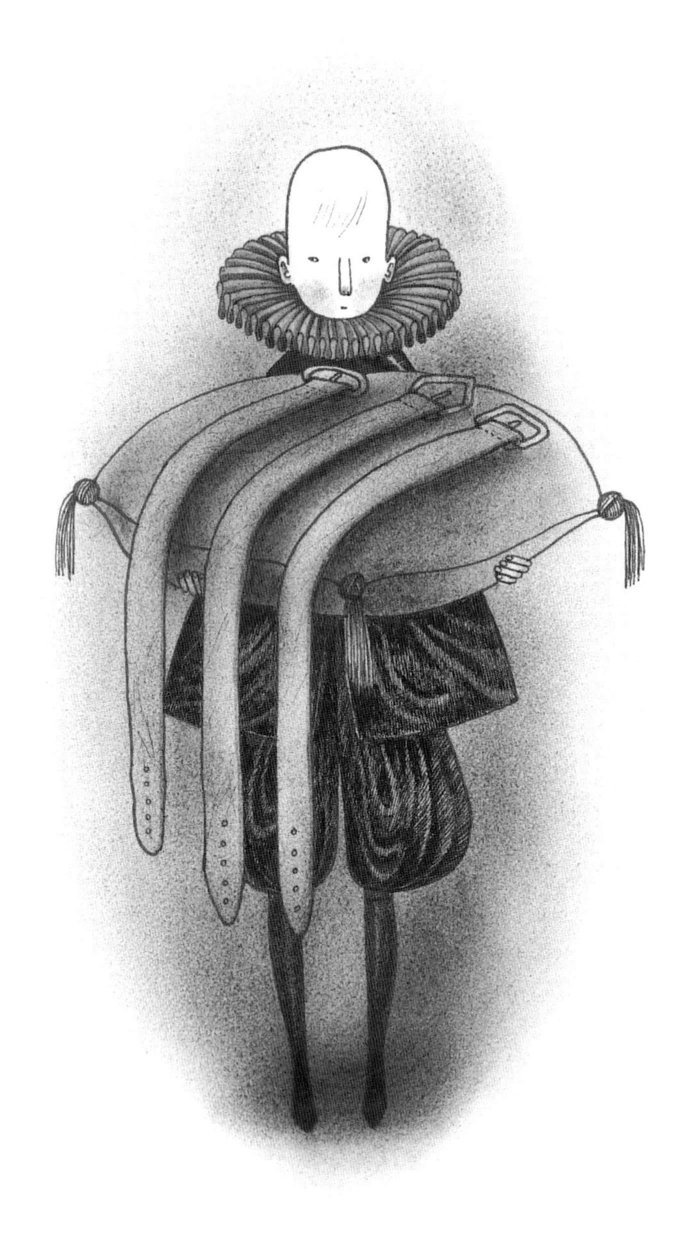

黄色の目が月のようにきらめいている。服は毛皮と化し、マントは尻尾に変わった。唸り声があがり、鋼鉄のようにするどい歯がむきだしになる。腕が長く伸びて筋肉が盛りあがり、手は獣の肢となった。ふたりの兄は、弟の姿が巨大な狼に変身してしまうのを、強い衝撃と恐怖の目で見守っていた。生気のない召使いがナイフ爪の貴夫人に火打箱を渡す。貴婦人は火打箱の蓋を開け、鋼で火打ち石をはじいた。すると、狼／ゲルハルトが消えた。

次はゲルフレトの番だ。二本目のベルトも一本目のベルトとまったく同じ作用をしたが、変身は前ほど速くはなかった。長引いたというべきか。少なくともおれにはそう見えた。そのため、ゲルフレトの肌から銀色の毛が生えてくるのがよくわかった。彼の青い目がぎらぎらと光り、そのまなざしは氷の針となって、おれの心臓を刺した。人間のときよりもぐんと丈が高くなった。変身が完了するやいなや、狼／ゲルフレトは液体が流れるように、ヴェルヴェットのようにしなやかに、王子にとびかかった。泣き言夫人が悲鳴をあげる。しかし、狼／ゲルフレトが王子を害する寸前に、ナイフ爪の貴婦人が鋼をはじき、狼／ゲルフレトは火打箱の奴隷となった。

三本目のベルトがゴトフレトに巻きつけられると、狼／ゴトフレトは苦しげな咆哮を放った。彼の体は大広間を埋めるほど巨大になり、氷の丸天井がみじんに砕けた。狼の巨体がすべての光をさえぎった。

闇のなかで、長く低い吐息が聞こえた。死体から空気が洩れたような吐息。おれの耳元で。

第27章

「我らは主(あるじ)などほしくない。父の領地と妹を守りたいだけだ。我らを縛るベルトに負けるよりは、殺戮(さつりく)のほうがましだ。人狼の身なればこそ、我らは人間としての良心の痛みから、道義から、信仰から、解き放たれている。脆弱(ぜいじゃく)な肉体も強靱(きょうじん)になった。
魔女の呪いによって、我らは血を求め、人間の食事では満足できぬ身となった」

銅貨の部屋の男、ゲルハルトの声が聞こえたあと、おれははっと目覚めた。
眠りは死の前稽古、という話を聞いたことがある。とすれば、目覚めが死をもたらすのだ。おれは死を朝という涙をさそう孤島に押しもどしたが、どんな眠りも決して奪うことのできない秘密はしっかり抱えこんでいる。
口中(こうちゅう)に血の味がする。鼻血が流れている。おれは横になって、目を大きくみひらいた。また目を閉じたいのかどうか、自分でもわからない。顔をわずかに左に向けると、テーブルに火打箱と五個のサイコロがあった。その光景が曇った気持を晴らしてくれるかと思ったが、骨の一本一本に、棺のようにずしりと、手に負えない秘密の重みがのしかかっているのを感じる。おれは雷鳴とどろく思考の嵐に翻弄(ほんろう)され、きりきり舞いしているだけだ。
　おれとしては、足もとの大地が揺らぐことなく、サファイヤーをこの腕に抱いて眠るという静かな夜がほしいだけなのだが、それと同時に、心の奥底では、サファイヤーの三人の兄さんを解放してやりたいとも思っている。いまのおれは、このままでは三人が火打箱に永遠に束縛されてしまうと知っている。三人を縛っているベルトは、おれの大尉がどうしても決別できなかった酒瓶とはまったく異なるしろものなのだ。もしサファイヤーがおれのものになるのなら、彼女の兄さんたちに降りかかった災いを話して聞かせるわけにはいかない。
　しばらくすると鼻血が止まったので、鼻に布をあてて立ちあがった。ちょうどそのとき、マリーが朝食をのせたトレイを持って、部屋に入ってきた。と思うと、トレイ、しろめのマグ、ビール、しろめの皿が飛び、ドラムロールのような音をたてて、次々に床に落ちた。
「だんなさん！」マリーは悲鳴をあげた。「あんたも殺されなさったのかね？」
「鼻血だよ。ほかはどこもなんともない」そういってから、訊きかえした。「どうしたというんだい？」そう訊きながら鏡を見た。
　顔が血まみれだ。あちこちに乾いた血がこびりついている。
「だんなさん、手も」マリーはいった。「手を見てみなっせ」
　どうしようもない。おれがちゃんと生きていることをマリーに納得させるのは、ひどくむずかしそうだ。困りきって、おれは椅子にへたりこんだ。
「医者を呼ぼうか？」マリーは口にエプロンを押しあてている。
「いや、いい」おれは断った。
「暖炉の火が消えてる」マリーはかいがいしくいった。「火をつけてやろうね」マリーはテーブルの火打箱に手をのばした。

　これまでこれほど速く動いたことはない。そのせいで、口中に新たに血が流れこみ、鼻からも激しく出血した。
「ありがとう」マリーの手が届かないように火打箱を取りあげる。「おれがほしいのは、水の入った鉢と、少しばかりの休養だよ」
　マリーはおれの唐突な荒っぽい動きに気を悪くしたようだが、黙って部屋を出ていった。おれは急いで服に着替えた。
　マリーが水を入れた鉢を持ってもどってきた。「ゆんべ、また狼どもが襲ってきたんさね。今度は町のどまんなかに入ってきたんだよ」
「誰がやられたんだい？」おれは顔を洗いながら訊いた。
　マリーはおれの知らない男の名前をいった。
「だんなさんの鼻血が止まらねえようなら、次はあたいたちが殺(や)られちまうね。狼どもはうんと遠くからでも、血のにおいを嗅ぎつけるっていうから……」ここでマリーはことばを切って、少し考えこんだ。「うん、そうだ、スペインからだって嗅ぎつけるって聞いた」すべてのトラブルの原因を突きとめたといわんばかりに、マリーは誇らしげにそうつけくわえた。
「殺されたひとは嚙み裂かれていたのかい？」
「んにゃ」マリーはさも残念そうにくびを横に振った。真実は彼女好みのはなばなしさに欠けているらしい。
「ゆんべ、そんひとは居酒屋を出て、家に帰る途中で狼を見たんだと。誰も見たことがねえほどでっかい狼だったんだと」
　血の止まらない鼻が痛む。どうせ、男が血だまりに倒れているのがみつかったという話だろう。
「そんひとは居酒屋を出てから五分もしねえうちに、また居酒屋にもどってきたんだと。恐ろしさのあまり、顔がまっ白で、吐きそうになってたって。でもって、そのまんまおっ死(ち)んじまったんだと。ドアノブみてえに、まちがいなく死んじまったって。けど死ぬ前に、うしろ肢で人間みてえに立って歩く狼を見た、家の屋根よりも背の高いやつを見たといったんだって」マリーの声がささやくように低くなった。「で、そいつは前肢で眠っている女を抱えてたって」

その話が広まり、マリーですら聞き知ったということのほうに、おれは衝撃を受けた。

おれはマントをはおり、帽子をかぶった。胴着のポケットに火打箱がおさまっていることを確認する。

「だんなさん、出歩かねえほうがいいよ。そんな鼻で」

「ありがとう、マリー」おれはドアに向かった。「狼どもがスペインからここまで来るには、だいぶ時間がかかると思うよ」

すべて夢だったのではないかと思い迷っていたおれにとっては、マリーの話で、じっさいにサファイヤーが金貨の部屋の男に抱かれて、おれのもとに運ばれてきたのだと証明された。おれは生きていて、死神がちょっかいをかけてくる幽霊ではないのだ。生きているおれは、死者の地ではなく、生者の地に暮らすサファイヤーと結婚することを夢見ている。

外の空気はひんやりと湿っぽい。おれは今夜、サファイヤーをこの町から連れだそうと心を決めた。その考えで頭がいっぱいになっていたため、自分がどこをどう歩いているのか、まったくわからなかった。

とそのとき、あざやかな赤い色が目にとびこんできた。あの女の子の赤いマントだ。頭をがんと殴りつけられたような気がした。いったいなぜ、おれはあの子のあとを追っているのだろう？　おれをゆるしてくれ、おれに取り憑くのをやめてくれとたのむためか？　数歩の距離を保ったまま、川に向かっている女の子のあとを追った。空は、乾かそうと干されている薄汚いシーツのように低く垂れ、その襞に雪を溜めている。川はのったりと岸を打ち、川の上には霧が重く立ちこめている。女の子は岸辺で立ちどまり、小船から積み荷を降ろしてい

る船乗りたちを見ている。
「あのね、ちょっと」おれは女の子に声をかけた。
　女の子は川岸から離れ、居酒屋のほうに歩きだした。その姿が霧のなかに消えたかと思うと、低い唸り声が聞こえた。船乗りたちは作業の手を止めた。おれのほうを見た船乗りたちの背筋が硬直した。同時に、おれも巨大な猟犬を見た。狼ではない。猟犬だ。口に人形をくわえている。
　おれが身動きできずにいると、猟犬は人形を口から落とした。
　女の子の赤いマントが地面にふわりと広がる。顔はフードに隠れていて見えない。女の子はのろのろと顔をあげた。肉が骨まで嚙み裂かれている。死んだ目がまっすぐにおれに向いている。駆けてくる船乗りたちにちらと目をやり、ふたたび目をもどすと、あの女の子は消えていた。だが、すべてが幻だったわけではなかった。地面にぐったりと横たわっているのはあの女の子ではなく、人形でもなく、見知らぬ子どもだった。
　船乗りたちがおれにとびかかってきた。
「てめえだな」船乗りたちは口々に叫んだ。「見たぞ」
　さらに集まってきた人々に取り囲まれる。
　船乗りたちが叫ぶ。「捕まえたぞ！　狼男を捕まえたぞ！」

第28章

川岸で悪魔が捕まったという報せは、壁にひっかけられた小便が溝に流れこむような速さで、町じゅうに広まった。あちこちの町角や路地から、人々が集まってきた。広場からも、傾いだ家々からも、頭に血の昇った人々がとびだしてくる。みんなが子どもの死体を、おれ——狼男——を、じっとみつめている。

おれは治安役人に救われた——救われたといっていいのならば。役人と衛兵たちはおれを群衆の手から引き離し、箱馬車に放りこんだ。箱馬車は丸石の道におかまいなく、すごい速度で走った。箱馬車が家々の鎧戸をかたかたと鳴らし、屋内のねじれた梁をがたつかせながら走るなか、衛兵たちはおれの罪を声高に告げた。

「狼男だぞ！」

「狼男を捕まえたぞ！」

おれは火打箱を持っていると信じきっていた。だが、ポケットの上からさわると、からっぽだとわかった。

時が止まった。

すべてが遠のいていく。船乗りたちとのこぜりあいのときに落としてしまったのだろうか？　いや、そんなはずはない。ポケットにあるのはわかっていたし、落としたりしないように、それだけを気にしていたのだから。以前に、果てしなく砂地だけがつづく砂漠の話を聞いたことがある。いまのおれの心を占めているのが砂ではないとすれば、すべての可能性が塵と灰になったものだろう。

ふいに、おれはどうなろうとかまわない気になった。火打箱よりもたいせつなものを失ってしまったのだ。
サファイヤー。サファイヤーを失ってしまった。
おれは自分に問うた——さあ、どうする？
公爵の城から少し離れたところに、円筒形の塔があった。牢獄はその中にあった。机のうしろに法廷事務官がすわっている。事務官は衛兵たちが剝ぎとっていくおれの着衣を、一枚ずつ書き記した。
品目：帽子・つぶれている
品目：マント・裂けている
品目：襞襟・汚れている
品目：胴着・泥だらけ
おれが断固としてタイツ、シャツ、ブーツを剝ぎとられるのを拒否したため、衛兵たちは手を止めた。おれのすさまじい怒りようを見て、役人も事務官もそれ以上の手出しは無用と判断したようだ。
おれは塔のてっぺんの独房に放りこまれた。少なくとも、窓代わりの二本の細長い切り込みから、景観が楽しめる。無数の煙突の林のはるか向こうに、サファイヤーが閉じこめられている城が見える。眼下には、市（いち）の立つ広場と町の人々の姿が見える。巣に群がる蜂がぶんぶん羽音をたてているようなざわめきを圧して、名も無き人々のひとりが声をはりあげ、おれが殺したという被害者たちのリストを読みあげているのが聞こえる。数少ない、生き残った被害者の名前が、おれの罪の目撃証人として、戦利品のようにもてはやされている。彼らの証言はひとつの点で一致している。すなわち、悪魔が狼男の姿で地獄からやってきた、と。農作物がよく育たないのも、税金が上がるのも、森が物騒で危険なのも、すべて、この悪魔／狼男のせいだ、と。
おれは運命に身を任せることにして、いやな臭いのする藁（わら）の上に腰を落とした。もしあの女の子のあとを、赤いマントの女の子のあとを

ついていきさえしなかったら……。寝ころがると、藁の下の石の冷たさがしみとおってきた。これまでもしょっちゅう自分にいいきかせていたように、サファイヤーのことを想いつづけるよりは、戦場にもどったほうがよかったかもしれない。おれは必死で忘れようとしてきた事柄を、あえて思い出すことにした。

家族が殺されたあと、おれは兵士たちに捕まった。兵士たちは酒の臭いをぷんぷんさせていた。やつらはいつも酔いどれていたのだ。最初、おれは動物かなにかのように、ロープで縛りあげられて引きずっていかれた。そして、仲間に加わらなければ、おれをどうするか、ことこまかに聞かされた。こうして、おれは否応(いやおう)なく兵士たちの仲間にされた。

翌日、兵士たちはうちの農場と似たような農場に立ち寄った。農夫は兵士たちに、なにもせずに引きあげてくれるなら、なんでもやるといった。農夫には13回の冬を越した娘がいた。娘は赤いケープをまとって、フードで顔を隠していた。その娘が焼きたてのパンとビールを運んできた。陽だまりのなかにすわった兵士たちは、娘を横目で見ていた。おれはむりやりにビールを喉に流しこまれ、ついに目が回って天地がひっくりかえってしまった。

そして、あっというまに事が起こった。兵士たちは農夫と妻を殺した。赤いケープの女の子は逃げようとした。が、兵士たちに捕まった。

兵士たちはおれの前に女の子を引き据え、おれに、半ズボンをひきおろして男の象徴を見せろと命じた。おれはいやだった。できなかった。いやだといった。

いま思えば、おれはあのときに、いっぺんに歳(とし)をとってしまったにちがいない。純真さも、なにかを信じる気持も、あのときにすべて失ってしまったのだ。

「なら、おれたちがどうすべきか見せてやる」
　兵士たちは震えている女の子をしっかりと捕まえ、顔を隠しているフードをはねのけて、地べたに押し倒した。兵士のひとりが女の子のスカートをめくりあげた。
　いまでも女の子の悲鳴が聞こえる。
　おれは短銃を取り、女の子の純潔が奪われないうちに、引き金を絞った。姉のためにできなかったことを女の子にしてやったのだ。弾丸は女の子の心臓を撃ち抜いた。死ぬまぎわの女の子の目をのぞきこんだことを思い出す。自分の手で初めて殺した相手のことは、決して忘れないものだ。それ以降、女の子の魂はおれに取り憑いている。昨夜、おれは自由だと思っていた。それはまちがっていた。たぶん、永久に自由にはなれないだろう。

第29章

裁判は茶番だった。弁護人が割り当てられたが、こいつはまったくやる気のない阿呆だった。弁護人はおれの独房に入るのを拒み、鉄格子越しに話をするほうを選んだ。

助言といっていいかどうか疑問だが、弁護人の助言は、拷問にかけられて尋問されるのがいやなら、さっさと罪を認めてしまえというものだった。拷問は見ているほうも耐えがたいほど悲惨なものだという。

おれは心を決めた。おれの膝や声が恐怖で震えてしまい、見ているやつらを喜ばせるようなまねはしたくない。

人狼にサファイヤーをおれのもとに連れてきてもらうために、なけなしの勇気をふりしぼったんだ。もう一度勇気をふりしぼって、絞首台に向かおう。

「そんなことにならないようにするのが、あんたの役目だろ」おれは弁護人にいった。

「法廷は」弁護人はもごもごといった。「完璧な自白を求めている。自白がなければ、おまえを吊るすわけにはいかないからな」

「それを聞いて、大いに元気づけられたよ」

「いっておいたほうがいいと思うが、処刑人はヴァイオリンの弓を使うのが好きだ」

「楽士なのか？」

弁護人はそれ以上なにもいわず、薄暗がりのなかに消えた。靴の踵(かかと)が石の床にあたる音だけが響く。

「役立たずのぼんくらめ！」おれは怒声を弁護人にあびせた。

その夜遅く、おれはえんえんとつづく長い階段を、拷問部屋まで引きずられていった。
「明日の夜までには」治安役人がいった。「絞首刑の執行と婚礼とが見られるな」
この町のどうしようもない愚かしさにかっとなって、鎖につながれた身ながら、せいいっぱい暴れた。抵抗もむなしく、えんえんとつづく長い階段を引きずられて、地下室の闇の奥に連れていかれた。
木のドアの向こうは陽光など一度もさしこんだことのない部屋で、アーチ形の煉瓦(れんが)の天井は、ねじれた背骨のような梁(はり)に支えられている。部屋の備品は見るからに不快だった。棚に並んだ鎖やさまざまな拷問道具が出番を待っている。壁には昨日の囚人の悲鳴がしみこみ、空気には肉が焼かれた臭いが残っていて、気分が悪くなった。
暗がりのなかで、関節をぽきぽき鳴らしながら、処刑人が待ち受けていた。その顔を、鉄のストーブの火がほのかに照らしている。これから果たすべき任務を喜んでいるようには見えないが、かといって、気に病(や)んでいるようにも見えない。いっそ無関心で、冷淡に見える。
長いベンチには、治安役人、判事、事務官、書記、医者、町議員がふたり、そして、おれの無能な弁護人がすわっている。弁護人の最初の発言は、はなはだ勇気づけられるものだった。弁護人は役人に、おれをしっかり拘束してあるかどうか、尋ねたのだ。ああ、いまこの瞬間、火打箱が手もとにありさえすれば。
おれの予想どおり、じきに弁護人は法的泥沼にはまりこみ、一方、判事は、本人よりも腹のほうが手続きを進めたがっているようだった。食事を求めているのか、あるいは寝室用の便器が必要なのか、判事の腹は辛抱もなく、ごろごろと鳴りつづけていた。おれははっと気づいた――おれが白状しさえすれば、あとは誰がなにをいおうと問題ではないのだ。そして、遅かれ早かれ、おれはみずから罪を認めることになるだろう。
　やがて、判事は弁護人に寝言はもう充分だといい、偉そうに胸をふくらませた。「オットー・フントビス、おまえは狼男だという訴追に対し、罪を認めるか？」
「認めません」おれは答えた。
「ならば、拷問にかけて尋問することとする」判事はいった。
「ですが、判事どの」無能な弁護人が異議を唱えた。「まだわたしの話は終わっていませんが」
「弁護人」判事はいった。「わたしたちは弁護人の話が始まるのを、ひと晩じゅう待っていたのだ。もう終わりにしよう」
　判事のことばで致命的な傷を負ったかのように、弁護人はよろけて椅子に尻を落とした。
　処刑人が明かりのなかに進みでてきた。処刑人は、これまで数多の人間が拷問で死ぬか瀕死の状態になったのを見てきて、もはや心を痛めることも悩むこともなくなったのだろう。そんな男がおれに慈悲の気持をもつかどうか、あやしいものだ。自分の身を守るためにできるのは真実を述べることだが、それはみんなをいたずらに困惑させるだけだろう。
「待ってください」おれはいった。「おれは確かに、三頭の巨大な狼を支配する力をもっています」
　法廷は静まりかえった。判事はおれがいったことを熟慮し、手を振って処刑人をもとの暗がりに退がらせた。
　書記が猛然と記録しはじめた。
　判事はいった。「被告人は自分が人狼であり、人間を喰らったことを認めるのか？」

「いいえ、判事さま、おれは人狼ではありません。人間を喰らったこともありません」

「罪を認めるのか、それとも、審議の時間をむだに費やそうとしているのか？」苦い顔でそういってから、判事は大声で呼ばわった。「処刑人！」

　処刑人が前にとびだしてきた。

「待って、待ってください」おれはいった。「おれがいっている狼たちは、この世のものとは思われない力をもっているのですが、ありがたいことに、その狼たちに咎（とが）はありません」

「なんだと？」判事は訊き返した。「ありがたいことに、だと？」

「そうです、判事さま。その三頭の狼がこの公国を戦乱から守り、兵士たちや辻強盗たちの略奪を阻止しているおかげで、公国の農民は作物の植えつけや収穫を安全にできるのです。三頭の狼はこの町の住人を傷つけたことなどありません。それに、あなたがたは全員、それが真実だということをごぞんじのはずです」

　判事は書類から目をあげた。「被告人が人狼であることを認めないのであれば、拷問による尋問を始めることにする。いいな？　処刑人、始めろ」

「わからないんですか？　一連の殺人は、あなたがたの町の誰かのしわざなんですよ。おれがやったと告発されている殺人は、人狼がしでかしたことではなく、獰猛（どうもう）な猟犬を使った人間のしわざなんです」

「黙れ！」

　そのとき、若い召使いが部屋に入ってきて、顔をまっ赤にして怒っている判事に、伝言を記した紙を渡した。それを読むと、判事は紙をくしゃくしゃにねじって床に放り投げ、一発、大きな音をたてて屁をこいた。

「処刑人、始めろ！」判事はもう一度命じた。

おれは残りの服を剝ぎとられ、すっ裸にされると、腰に布を巻きつけられた。そして、天井から下がっている鎖で手くびを縛られ、床から両足が浮くまで、ぎりぎりと吊りあげられた。さらに、両脚を広げられて足くびを鎖で縛られ、フックに吊りさげられた肉の塊さながらの姿となった。

恐怖におののきながら見ていると、処刑人はストーブから、白熱にきらめく焼けた鉄の棒を取りだした。おれは体じゅうに力をこめた。目を閉じても、熱く焼けた鉄の棒が近づいてくるのが感じとれる。

「おれはこれをヴァイオリンの弓と呼んでるのさ」処刑人はいった。「さて、おまえはどんな音を奏でるのかな？」

椅子が石の床をこする音が聞こえ、おれは目を開けた。判事もほかの者たちも全員が立ちあがり、おじぎをしている。豪奢な服をまとい、高い身分を示す鎖を胸にかけた男が部屋に入ってきたのだ。豊かな髪はまっ白で、幽霊のようにやせこけている。老人だと思ったが、薄暗い明かりのなかでは、そうともいいきれない。男は、黒い制服を着た衛兵四人を従えている。

「閣下」判事はいった。「これから罪を認めさせるところでございます」

幽霊のような男はいった。「それは見ればわかる。処刑人、退がれ」

処刑人のヴァイオリンの弓は、またストーブの火のなかに突っこまれた。

「みな、退がれ」幽霊のような男は命じた。「わたしは囚人とふたりきりで話したい」

「ですが、閣下」判事は異議を唱えようとした。「それは……」

衛兵たちが前に進みでた。判事は自分の権威がもはや力をもたなくなったことを自覚し、おとなしく引きさがった。というよりはむしろ、ガスで膨れあがった腹にうながされて、判事はそれに従ったというべ

きか。法廷にいたほかの者たちも全員、判事に倣（なら）った。
　衛兵のひとりがおれを下ろして、服を着ろといった。よろめきながら服を着ると、判事席にすわっている幽霊のような男の前に連れていかれた。
　初めて男がはっきり見えた。そして、自分の目を疑った。男の顔にも体にもちっぽけな銀色の蜘蛛（くも）がびっしりとたかって、体じゅうに巣を張りめぐらそうとしているかのように、凍（い）てついた蜘蛛の糸でおおっているからだ。みるみるうちに、蜘蛛の糸で男は椅子に縫いつけられていく。
　おれはしばしばと目をまたたかせ、もう一度よく見てみた。目の前にいるのは、ちっぽけな蜘蛛たちに体液を吸いとられている、病みやつれた男だった。
　男は判事の書類にざっと目を通した。
「“犬が嚙む（フント・ビス）”。それがそなたの名前だな」ようやく男は口を開いた。まったく抑揚のない口調だ。
「はい、閣下」おれは判事が呼びかけた敬称を口にした。
　男は机の上を片手でなぎはらった。書類が飛ぶ。
「そなたは何者だ？」
　閣下というからには、この幽霊みたいな男が公爵で、サファイヤーの父親だということは推察できたので、ここは真実をいうのがいちばんだと思った。おれはほとんど真実を語ったが、すべてではない。たとえば、三人の人狼は公爵の三人の息子だ、ということを明かす気はなかった。この話は、おれの胸の奥底に埋めておくことにしたのだ。どちらにしろ、話してどうなる？　いま、火打箱はおれの手元にないのだ。
「おれは兵士です、閣下」
「どこから来た？」

「低地(ローランド)です。おれは農夫のせがれで、14歳のときに家族が殺され、そのあと、むりやり兵士にされました」
「いま、いくつだ？」
「18歳です」
「どうして、この町にやってきた？」
「ブライテンフェルトで戦っていたときに負傷しました。気づいたときには、森でさまよっていました。体力を取りもどしてから、たまたまここまでやってきたのです」
「そなたは人狼だと告発されている」
「おれは狼男ではありません。ですが、ほんの短いあいだながら、狼を呼び寄せる力をもっていました」
「ならば、この場でやってみせよ」幽霊公爵はそういった。「わしに見せよ」
「できません。その力はなくなってしまいましたから。借りものの力だったので」
　幽霊公爵は鼻で笑った。「その力とやらを、いったいどこで貸してもらったのだ？」
「森のなか、三本の樫(かし)の巨木に取りこまれるように建っていた城で」
　幽霊公爵はおれをじっとみつめた。その目は肌と同じぐらい白っぽい。銀色のちっぽけな蜘蛛たちのせいで老(ふ)けて見えるというだけではないようだ。
「そこにいたのに、生きのびたのか？」
「はい、閣下。いままでのところは」
「城の女あるじのことを話せ。その女に会ったか？」
「その女の親指の爪を見て、おれはその女を“ナイフ爪の貴婦人”と名づけました。長くてするどい爪が、くるくる渦巻いていたので」
「ナイフ爪の貴婦人、か。いい得て妙だな。彼女は死んだという報(しら)せが来ている」
「はい、そのとおりです、閣下」
「どうして死んだ？」
「彼女は狼に喰い殺され、城は崩壊しました。城が崩れ落ちると同時に、あちこちから火の手があがり、炎が燃え広がっていきました」
「女は死んだ——確かか？」
「おれは見ました。血の海の中、狼に嚙み裂かれた女の、ばらばらの死体を」
幽霊公爵は長いあいだ黙りこんでいた。あまりに長いこと黙っていたので、周囲の壁がなにやらささやきはじめたほどだ。
「わしはどう見える？」
「蜘蛛たちが閣下のお体ぜんたいに、細い銀色の糸を張りめぐらしています」
「あの女が死んだのなら、わしは元の姿にもどるはずだが、そうはなっておらん」
公爵に真実を話すのを恐れて、ためらっている場合ではない。なにせ処刑台が待っているのだから。
「公爵夫人のせいです」
「どういう意味だ？」
おれは公爵に近づいた。衛兵たちが寄ってきたが、蜘蛛の糸だらけの公爵が手を振って退がらせた。衛兵たちは壁ぎわにもどり、静かに立った。
「知っていることをすべて話せ」
おれはあの氷の丸天井の部屋で盗み聞きしたことを話した——公爵の奥方が王子とベッドをともにしていることを。おれの話が進むにつれ、ちっぽけな蜘蛛たちがせわしく動きまわり、おれの声を遮断しようとするかのように、公爵の頭のまわりにぐるぐると糸を張りめぐらしていく。細い蜘蛛の糸を公爵が引っぱっても、蜘蛛たちの動きは止まらない。
「話せ……もっとくわしく」
　公爵の声が弱々しくなってきた。
　おれは話した——レディ・サファイヤーが王子以外の男と結婚すれば、公爵夫人も愛人の王子も死ぬ、と。
「今日、裁きの場に立つべきは、おれではなく、閣下に魔法をかけている公爵夫人です」
　しばらくのあいだ、公爵はなにもいわなかった。表情がなくなり、顔がいっそう白くなる。死人のように蒼白に。
「わしの命……は、眠っているようなものだ」ようやく公爵はいった。「わしの日々を奪っているのは、生きている死人だ……うむ……なぜ、ここに来たのか、思い出せん。サファイヤーによくよくたのまれたから……」
「閣下、おれには貴族の血は一滴も流れていませんが、それでも閣下の娘ごをいただきたい。死ぬまで、彼女に真(まこと)の心を捧げます」
　公爵は見たこともないほど悲しげな目でおれを見た。
「明日、そなたは首を吊られる……そして、娘は王子と結婚する」
「おれが首を吊られるとするなら、それは閣下の娘ごを愛したからであって、ほかの罪で処刑されるわけではありません」
　公爵は頭を振りながらのろのろと立ちあがった。
「ティンダー……心から愛するわしの娘……」
　公爵は蜘蛛の糸だらけのマントを引きずりながら部屋を出ていった。
　入れ替わりに、退席していた判事たちがもどってきた。おれはいちかばちか、やってみることにした。
　ストーブに突っこんである処刑人のヴァイオリンの弓をつかみ、それを剣のようにかまえて、まず治安役人めがけて突進した。熱いヴァイオリンの弓を頬に受け、役人は絶叫した。
　階段のふもとにたどりついた、まさにそのとき、おれは処刑人に捕まり、意識が遠のいた。

第30章

おれのまわりにはぎっしりと、豪奢な服を着た、思慮も分別もない愚か者たちが立っている。白いレースの襞襟（ひだえり）の上にのっかっているのは、キツネにカササギ、アナグマにクロウ。森の生きものたちは、レイヴンと会話をするのはごくあたりまえのことだといわんばかりに、あいさつをかわし、会釈しあっている。
この町の堕落した住人たちだ。
踊っている婦人たち。
元気のいい若者たち。
わびしい紳士たち。
各人の頭部は、獣の頭部か翼あるものの頭部と、すげかわっている。
おれの隣に、ナイフ爪の貴婦人が立っている。
「わたくしのペテン師仲間たちをどう思う？」
「あの連中は誰なんです？」
貴婦人は笑った。
「知りすぎ、見すぎだな。おや、あそこに我が姉上、泣き言夫人がいる」
貴婦人は長い爪で、ヴェルヴェットと金襴（きんらん）のドレスをきらびやかにまとった女性を示した。その女性の手袋をはめた手の指には、いくつもの宝石がきらめいている。頭部はカササギだ。

「王子は？」おれは訊いた。
「もちろん、あのキツネだよ」貴婦人はいう。「あの男はキツネ以外の何者でもあるまい？」
「あのキツネは悪性で残酷に見える。カササギを殺したりはしないのか？」
「秘密を教えてやろうか？　できるものなら、あれはそうするだろう。だが、羽毛におおわれたくびにキツネが歯を立てたとたん、カササギはその目をつっつきだして、宝石代わりにするだろうよ」
「公爵は——公爵はどの獣なんだ？」
「あそこにいる。アナグマの頭の哀れな生きものは、夢のなかに溺れている」
「サファイヤーは？　サファイヤーはどこだ？」恐怖に駆られる。「あのひとになにをした？」
「知りすぎ、見すぎだ」
　おれが叫んでいるうちに、ナイフ爪の貴婦人は客たちとともに消えてしまった。
　そして、おれのすぐ近くに、サファイヤーがいた。おれのサファイヤーが。
　服の上からリボンでがんじがらめに縛りあげられている。糊のきいたレースの襞襟の上に、頭部がちょこんとのっかっているように見える。豪華な縁飾りをほどこした手袋をはめている。おれが渡した指輪は、指にきっちりはまっておらず、いまにも落っこちそうに指先にひっかかっているだけだ。
　おれが一歩近づくと、サファイヤーは一歩遠ざかる。
「サイコロはなんといっているの？」サファイヤーが問う。
　おれはサイコロを手に握りしめているのに気づき、驚いた。そして、サイコロを振った。
「ジャックが四個に９の目だ」
「どっちの方角？」
半獣の男が９の目はどの方角だといったか、どうしても思い出せない。
「わからない」
サファイヤーは両手を開いた。両の手のひらの上に、小さな炎が立っている。いまにも飛んでいってしまいそうに、炎はゆらゆらと揺れている。サファイヤーが金色に燃える炎の珠を投げた。
炎の珠は、おれにぐんぐん近づいてきたかと思うと、すべてが白光に呑みこまれた。

「立て！」役人はそうどなりながら、おれを立たせようとした。
目の前の光景が揺らいでいる。明かりがまぶしい。熔けた鉛が詰まっているみたいに頭が熱い。
「おまえが死ぬところを見逃したくないんでね」役人はいった。「ほら、立て！」
おれとしては、またサファイヤーに会えるところにもどれるように、目をつぶって静かに横になっていたい。サファイヤーの指からあの指輪が落ちてしまったのかどうか、思い出せないのが不安でしようがないからだ。
「立てといっただろ！」役人はまたどなった。「どうせ、この先は永久に地獄にいすわっていられるんだ。首吊りにはいい日和(ひより)だぞ。婚礼にはもってこいの上天気だ」
革の胴着とズボンに身をつつんだ処刑人が独房に入ってきた。練り

粉のような顔をした司祭があとにつづく。司祭は恐怖に震え、動作がぎくしゃくしている。

処刑人は無念そうな目で、おれをじろじろとみつめた。「ふつうなら、おまえの髪を剃るんだが、今日は婚礼があるんで、時間がない。

ゆっくりと苦しむように吊るしてやりたいんでな。いいか、てめえの足で、首吊り台まで歩いていくんだぞ」
「情けはかけてもらえないのか？」おれは訊いた。
　処刑人はむっとして、あごを突きだした。まばらに残っている茶色い歯が見える。
「てめえが死んだほうがましだと思うまで、ロープでぶらぶら吊るしてやるさ。重さはどれぐらいあるんだ？」
「知らない」
「背丈は？」
「そんなこと、どうでもいいだろ？」
「どうでもよかあない。はしごをはずしたときに、おまえの重みでロープが切れちまうのが嫌なんだよ」
「そういうことがあったのか？」
「一度もねえな。これからもねえだろうよ。おれさまが目を光らしてるかぎりは」そういって、処刑人は残っている歯を舌でせせりながら目測をした。「司祭さん、始めてくれんかね」
　なまっちろい司祭の顔が灰の白さに変わったかと思うと、気を失って倒れてしまった。
「朝めしは抜きだ」役人がいった。ぶつぶつと悪態をつきながら独房を出ていく。戸口のところで、あやうく、おれの無能な弁護人にぶつかりそうになる。
「囚人とちょっと話したいんだが」弁護人は処刑人と役人にいった。「よかったら、ふたりきりで」
　ふたりはしぶしぶと独房から出ていったが、耳をそばだてながら、扉の前をうろうろと歩いている。
　昨日は怯えきって、おれのそばに寄るのもおそるおそるという感じだった弁護人は、ひと晩で奇跡的に気を取り直したらしい。

今日はちかぢかとそばに寄ってきた。そして、法律家らしい口調で、おれにしか聞こえないような小声でいった。「王子殿下に火打箱のありかを教えれば、おまえの身は安泰になるかもしれないぞ」
「安泰って、どれぐらい？」
「処刑を延期してくださるだろう」
「それは公爵の権限であって、王子の権限ではないはずだ」
弁護人はコホンと咳払いした。
ようやく弁護人の企みがわかり、おれは大声で笑いだした。「教えてくれよ、太陽はどちらから昇る？」
その質問にたじろぎ、弁護人はおれの顔を見直した。死が迫っているため、おれが混乱していると判断したらしく、なだめるような口調で答えた。「東からだ」
「そうだな。で、おれが、いや、西から昇るといったら、ばかだと思うだろ？」
「ああ」
「なら、あんたがなんの話をしているかわかるとしても、王子が刑の執行を延期するなんてことを信じるなら、おれはばかの上をいく大ばかってことになるな」
「ありかをいえ。それだけでいいんだ」
「なんといっても、王子さまほど裕福なら、火打箱なんて数えきれないぐらい持ってるだろうに。その一個をどこに置いたかなんて、おれが知るわけないだろう？　おれには当てものができる力なんかないよ」
弁護人と話す時間をもてたのを幸いに、おれは両手を縛ってあるロープをゆるめようと、ひそかに手や指を動かしていた。
表情を保っているのがむずかしいとばかりに、弁護人はくちびるをきっと引き結んだ。「王子殿下がなんのことをいっておいでか、おまえにはわかっているはずだ」
　おれは聞こえないふりをすることにした。ロープもだいぶゆるんできた。
「これだけはいえる」弁護人はおれの顔に唾を吐きかけた。「おまえが地獄で焼かれるのが待ちどおしいよ」
　弁護人は足音も荒く独房を出ていった。

　小さな町での公開処刑というのは、おれが考えていた以上に大ごとなのだとわかった。おれは衛兵たちに囲まれている。おれの前を歩いているのは治安役人、判事、廷吏、司祭、医者、そして町議員たち。背後には、処刑用の正装をした処刑人。
　ロープはゆるんでいるが、両手を自由にするのはいまは得策ではないと思い、まだ縛られていると見せかけるために、おれは自分の手でロープをきつく引っぱっていた。
　処刑人のうしろには、中流階級以上の町民たちがぞろぞろとつづいている。貧者たちの家畜市に出したくなるような、肥え太っている連中だ。誰もが人狼が殺されるところを、ヴェールをはがれた人狼を、見たくてたまらないのだ。
　そのときおれは、サイコロがジャック四個と９の目を出した夢を思い出した。そしていま、９の目の意味がわかった。なにがなし、おれはうれしくなった。９の目が西、つまり死を意味していたことが愉快だったのだ。白い象牙の面の９個の赤い丸が教えてくれたように、おれは来たほうにもどるのだ。半獣の男のサイコロに、それだけの叡智（えいち）があるのがなんとなく楽しかった。死の方向に進むことによって、おれの旅はひとめぐりして閉じるのだから。
　広場に着くと、大きな歓声があがった。その騒がしい声に負けずに、ひとりの若者が天使さながらの声で歌っている。

「心根が美しく
　毎夜祈りをささげている者でさえ
　トリカブトの花が咲き
　秋の月が輝くころには
　狼となる」
「そいつを吊るせ！」群衆から叫び声があがる。
「車輪にくくりつけろ！　そんなやつは殺すだけではあきたらない！」
　その叫びはさらなる歓声を呼んだ。
　祝賀の式典が早くも始まったのは明らかだった。

第31章

公開処刑用の壇が作られた広場には、町じゅうのひとが集まっているようだ。たいていのひとはけばけばしい服を着ている。町民たちは断固としてお祝いをすることに決めたらしく、痛いほど冷たい外気のなかで、何本もの旗が風になびいている。広場に設置された壇の上に町長や町議員や判事が昇り、公爵の一行が到着するのをいまや遅しと待っている。いやなご時世とはいえ、ついに人狼を捕らえて処刑し、なおかつ、婚礼のために公爵の姫君が幽閉を解かれる今日のことは、人々の記憶に長く残り、孫子(まごこ)の代まで語り継がれることになるだろう。

ラッパが鳴り響き、群衆は静まりかえった。壇上の人々が立ち上がる。二台の馬車が止まり、公爵の側近たちを通そうと、群衆が分かれて道を作った。蜘蛛(くも)の糸のマントを引きずりながら、馬車からのろのろと公爵が降りてきた。町民たちのあいだに、息を呑む音が波紋のように広がっていく。公爵のそばには、胸ぐりの深いきらびやかなドレスをまとい、燦然(さんぜん)と宝石をきらめかせている奥方が付き添っている。手袋をはめた手を、公爵の蜘蛛の糸のマントの縁にかけている。夫である公爵が段々を昇って壇上に昇り、見るからに苦労して椅子にすわるのを、奥方はあからさまにいらいらと見守っている。

次は王子のお出ましだ。おれの処刑が終わるのが待ちきれないようすだ。無理もないか。王子は公爵の隣の椅子に腰をおろした。

教会の鐘が鳴ると、公爵の許可も得ずに、王子は判事にうなずいてみせた。判事は立ちあがって、おれの刑を告知した。

サファイヤーがここにいて、おれの最期に立ちあわなくていいとわかり、おれはほっとした。彼女を苦しませたくない。おれを夢の国の者だと思ってくれているほうがずっといい。おれが殺されるところを見たら、その光景が彼女の脳裏に焼きついて離れなくなるだろうから。

太鼓がどろどろと鳴りだした。ついに死神に追いつかれてしまった。馴れた動作で、処刑人がおれを引っ立てて絞首台のはしごを昇り、おれのくびにロープの輪をかけた。
　群衆が静まりかえる。慣習として、死刑囚は見物人になにかひとこ
ということになっているからだ。そんなものは得られないと承知して
いるので、慈悲を乞うたりはしない。そのかわり、おれの火打箱をも
ってきてほしいといいたかった。
「吊るせ、ゆっくりと吊るせ！」群衆は叫んだ。
「しっかりと吊るせ！」
　ゆるんだロープから手を抜きだすことはできなかったが、縛られた
両手で、処刑人に殴りかかった。これが最後の機会だ。だが、処刑人
は笑いながら、おれの足の下のはしごを蹴った。

　戦場から家に帰る途上で、一本の木が目に留まった。幹は何人
もの兵士の死体で、枝は死体の腕や足だ。草地の縁に老いた魔女
が立っている。
「おまえは誰だ？」おれは訊いた。
「戦いから故郷に帰ってくる兵士を待っている魔女だ」
「なぜ待っている？」
「火打箱を取りもどすために」
「木の下にはなにがある？」
「戦いの日々が」

第32章

足もとのはしごがなくなると、大地がおれの体を引っぱった。ぶらぶら揺れる足が、空気と、壇の床に敷かれた藁のあいだの空間をさまよう。生命が細り、目玉が眼窩から飛びだしそうになる。息が詰まる。意識が薄れ、ねっとりとした闇に呑みこまれていく。

ぷつっとなにかが切れた。生命の終わりに向かっていた道程が、ふいに断ち切られた。体じゅうにするどい痛みが走り、まだ感覚が生きているのがわかる。おれは足もとに敷いてあった藁の上にあおむけに倒れている。青い空が見える。

おれは必死になって手くびのロープをさらにゆるめた。ようやく両手が自由になると、くびを絞めているロープの輪をむしりとり、甘美な空気を胸いっぱいに吸いこんだ。

心臓の鼓動が正しく打ちはじめる前に、おれは体の下になじみぶかい品があることに気づいた。それを手に取り、鋼で火打ち石をはじく。一度、二度、三度。

誰かがはっと息を呑む音が聞こえた。群衆のなかから始まったその音はまたたくまに広がり、風となった。立ちあがったおれの目に、判事と処刑人のこわばって固まった顔がとびこんでくる。壇の上にいるのは、銅貨の部屋、銀貨の部屋、金貨の部屋にいた三人の男ではなく、三頭の巨大な狼だった。三頭ともまがまがしいことこのうえない。金貨の部屋の狼がいちばん大きくて、その丈は家々の屋根よりも町の防壁よりも高く、教会の尖塔と並びそうだ。

広場は静まりかえり、その静けさが聞こえるほどだ。並みの静寂より三倍の深みのある、恐怖に満ちた静寂。その静寂を破ったのは王子だった。王子は地面に倒れた。公爵夫人も倒れた。公爵夫人は愛人のほうに這っていこうとしている。ドレスの深い胸ぐりから、片方の乳房がこぼれている。

狼の重みで壇がこわれ、町議員たちや町長、王子、公爵夫人は狼の巨大な肢のあいだのすきまに落ちた。地位も階級も忘れ、あるいは体裁もかなぐりすてて、壇上にいた人々はあわてふためいて逃げまどい、こわれた壇から跳び降りた。湯が煮えたったときのように、見物人たちも渦を巻くようにして逃げまどっている。

蜘蛛(くも)の糸のマントをまとった公爵だけは、うち捨てられた帽子や剣が散らばるなかにすっくと立っている。風にあおられて何枚もの書類が舞いあがり、空が暗くなったかと思うと、大きな雪ひらが舞い落ちてきた。

銀貨の部屋の狼が絞首台を引き倒して、そんなものはただのバルサ材にすぎないといわんばかりに、大きな肢で踏みにじった。

「ご主人さま、なにをお望みですか？」群衆の悲鳴を圧して、銅貨の部屋の狼が吠えた。逃げまどっていた群衆は足を止めてふりかえった。

「おれがぬれぎぬをきせられて処刑されそうになった犯罪に、じっさいに加担した者たちを連れてきてくれ」

狼は姿を消したが、公会堂の時計の長い針がひとつ前に進まないうちに、また姿を現わした。棺桶作りの職人と餓(う)えた猟犬を連れている。

「ごかんべんを！」棺桶職人は悲鳴をあげた。「おれはなにもしてない！　これは王子さまの猟犬なんだ！」

誰も動かない。

銅貨の部屋の狼は、王子と公爵夫人をこわれた壇の上に引きずりあげた。

「このふたりが棺桶職人に金を渡して猟犬を買わせ、その猟犬で罪もない町の人々を殺させたんだ」銅貨の部屋の狼がいった。
　そのとき、軍隊が来たという声があがった。
「わたしに害をなしたら、おまえたちはその報いを受けることになるぞ！」王子は叫んだ。「わたしの軍隊は敵を生かしたまま捕まえたりはしないからな！」
　銀貨の部屋の狼が前に進みでた。「ご主人さま、なにをお望みですか？」その声で家々の窓枠ががたがたと揺れた。
「王子の軍隊を全滅させ、王子に彼が犯した罪にふさわしい罰を与えろ」おれはいった。
　おれがいい終えるより早く、銀貨の部屋の狼は王子を捕まえた。雷のような咆哮（ほうこう）があがったかと思うと、稲妻がぴかっと光ったほどの速さで、捕まえられた本人がなにがどうなったのかわからないうちに、王子はむさぼり喰われてしまった。壇の下の雪の上に、王子の血と、こぼれ落ちたはらわたの残骸が落ちているだけだ。
「いやあ！」公爵夫人が絶叫した。「いやよ！」
　奥方の叫びは、もどってきた狼の低い唸り声にかき消された。狼は口に、王子の軍隊の旗を何本もくわえている。
　治安役人は公爵に目を向けた。公爵の青白かった顔に血の色がさしている。「棺桶職人を逮捕せよ。そして、その女も」公爵は奥方を指さした。「猟犬どもを捕獲し、殺せ」
「わらわにさわるでない！」公爵夫人は震えながらわめいた。
　しかし、衛兵たちは彼女と棺桶職人を捕まえて引きずっていった。
　金貨の部屋の狼が前に進みでてきた。「ご主人さま、なにをお望みですか？」
　返事をする間（ま）もないうちに、サファイヤーが広場に走ってくるのが見えた。炎のような髪をなびかせている。たくしあげた婚礼衣装の裾から男子用のブーツがのぞいている。戦う覚悟で来たのだろう、手に細身の長剣（ラピエール）を握っている。
「そのかたに手をかけてはなりません！　わたしの愛するオットーに、指一本触れてはなりません！」サファイヤーは叫んだ。「そのかたを傷つける者は、わたしが殺します」
　おれはこわれた壇から跳び降りた。人々が分かれて、道を作ってくれた。体をぶつけあうようにしてサファイヤーと抱きあう。流れ星同士が衝突するときはこんな感じかもしれない。彼女を高く抱きあげ、くるくる回る。一、二、三度、くるくる回ると、三頭の狼の姿が消えた。

第33章

おれたちは結婚した。おれのたったひとつの望みがかなったのだ。いや、それ以上だった。

公爵がおれたちを祝福してくれた。それとほぼ同時に、公爵は元の気力体力をとりもどしはじめた。体をおおっていた蜘蛛(くも)の糸は、きれいに消えてしまった。サファイヤーの失われていた父親がもどってきたのだ。

奇妙なことが起こった。三頭の巨大な狼が消えてしまうとともに、おれのもとに駆けよってきた町の人々は、見たことをすべて忘れてしまい、本物の悪党が誰かがわかったことしか憶えていなかった。

そして、その日のうちに正義がおこなわれた。あの騒動のなかでも首吊り用のロープは切れなかったので、そのロープで、棺桶職人は即座に首を吊られた。公爵夫人を処刑する必要はなかった。おれとサファイヤーが結婚すれば、彼女は死ぬからだ。ナイフ爪の貴婦人の呪いどおりに。

夜になった。雪がしんしんと降りつづき、静かな町の家々の屋根は白くなり、夜空も雪明かりでほの白い。婚礼の祝宴は終わり、正式に妻となったサファイヤーが、じきにおれのもとにやってくる。これまで味わったことのない幸福感で、おれはふわふわしていた。少し酒に酔ったのだと気づき、夜の空気を吸うことにする。気がかりなのは火打箱のことだけだ。もうおれには必要ない。

川の手前に町の防壁がそびえている。きりきりと冷たい夜の空気を吸いながら、おれは冷たそうな川を眺め、月を見あげた。
「ああ、すべてに感謝します」おれは誰にともなく感謝のことばを述べた。
「オットー」背後で声がした。
　ふりむいたが、姿は見えない。暗がりにひそんでいるのだ。
「姿を見せてくれ」
「サイコロがほしい」声はいった。
「どこにいるんだ？」
「まだサイコロを持っているか？」
「持っている。あんたに返すよ。おれはもういらないから。おれは居場所をみつけた」
「最後にサイコロを振ったとき、どんな目が出た？」
「ジャックが四個と９の目だ。西だね。けど、それはまちがってた」
　おれはポケットから布袋を取りだし、声の主が暗がりから出てこざるをえないように、わざと床に放った。
「火打箱はどうするつもりだ？」
「火打箱を使っても、おれの望みはかなえられないと思う。サファイヤーの兄さんたちを自由の身にしてやりたいんだが」
　沈黙がつづいた。おれはひとりごとをいっているにすぎないのかと思った。
　それほど遠くないところから、いきなり声がして、おれはとびあがった。
「彼らを自由の身にできるのは、彼らの身内だけだ」
「サファイヤーに火打箱をあげればいいのか？」
「彼女が火打ち石を鋼(はがね)ではじいたら、おまえは負傷した状態で、わたしと最初に会った、あの森にいることになる。すべてがこの魔法が始まる前にもどるのだ。森では死神が待っているよ。おまえは死神をやりすごすことができるかもしれないし、できないかもしれない。おまえの道がどこにつづいているのか、わたしにはわからない。わかっているのは、おまえのブーツがおれの杭に引っかかっていることだけだ。そして、サイコロはわたしのものだ」
「待ってくれ！」おれは叫んだ。「あんたはいった——おれが恋に落ちたら、王国が手に入るって。そしていま、そうなったんだ」
「異常ありませんか？」夜番の警備兵が声をかけてきた。
「ああ、うん」警備兵が行ってしまうのを待つ。暗がりのなかをのぞきこんでみたが、半獣の男は消えていた。彼のサイコロも。
　震えながら胴着のポケットから火打箱を取りだした。岩に押しつぶされることもなく、火に焼かれることもなく、地中に埋めても出てきてしまう火打箱。もしかすると、水に沈めてしまえばいいかもしれない。おれは火打箱を川に放り投げた。火打箱は凍った川面にかつんとあたり、ぱっと燃えあがって氷を溶かした。
「なにごとですか？」警備兵が叫んだ。
「なんでもない、だいじょうぶだ」そう、だいじょうぶだ。恐ろしい重荷をおろした気分だ。火打箱がなくなったいま、サファイヤーに兄さんたちを自由の身にできないといっても、それは嘘をつくことにはならない。事実だからだ。
　おれは踊るような足どりで階段を降りていった。召使いたちがおじぎをする。おれは貴族で、主人なのだ。気持はおだやかに凪(な)いでいる。
　寝室には数十本の蠟燭(ろうそく)がともされていた。タペストリーもカーテンも最上のもので、新婚初夜の床が待っていた。
　おれの人生が始まるのだ。
　サファイヤーは素肌にモスリンの寝間着をまとっている。
「オットー、どうしてあなたにわたしの気持がわかるのかしら。これは最高の婚礼の贈り物よ」

サファイヤーは手にした品を見せた。
あれだ。火打箱だ。
火打箱は洗われたようにきれいになっていた。黒い漆がかかっていて、蓋には金文字でサファイヤーの名前が入っている。
と、強い風が吹きこみ、いっせいに蠟燭の火が消えた。
「火をつけましょうね」サファイヤーはいった。
そのことばに、おれは凍りついた。

鋼が火打ち石をはじく。
火花が散った。

おれは戦場のどまんなか、深い森にいた。枝が十字に交差している、そのすきまにはまりこんでいる。

周囲には死体と瀕死の者たちばかり。彼らの血――いや、おれの血もまじっている――が、絨毯のような一面の落ち葉を、秋の紅葉よりも赤い色に染めている。

そして、おれは死神を見た。

著者ノート

わたしはずっと以前から、ハンス・クリスチャン・アンデルセンの最初の作品、『火打箱』に心を惹かれていた。1835年５月にこの作品が発表されたとき、アンデルセンは金銭的にひどく困窮していた。『火打箱』は、彼が子どものころにこよなく好きだった、『蠟燭の精』という民話からインスピレーションを得て書きあげた作品だ。わたしはこの作品の骨子を歴史的な状況のなかに置き、しかも現代的な共感を得られる話にしたかった。

イラク戦争で戦った兵士と話をする機会があり、その兵士から戦争は悪夢しか遺さないと聞いた。その兵士だけではなく、アフガニスタンから帰国して戦争の後遺症と折り合いをつけようと努力している兵士たちにも会って、体験した話を聞かせてもらった。若い兵士たちは、文明社会に復帰するのがむずかしいと語っていた。

「ずっと死んでいるような気分なんだ」ひとりの若い兵士はいった。「死の淵までいったときに、ようやく生きているという実感が湧く」

わたしはルワンダの少年兵たちの体験にも目を向けた。レイプと殺戮の恐ろしい体験だ。

そんなにも多くの死を見てきた少年たちが、おとなになって、平凡な生活ができるものだろうか？　歴史をかえりみれば、鉈、マシン

ガン、剣、マスケット銃——手にする武器がなんであろうと、その結果は同じだ。どんな武器であろうと、男の、女の、子どもの命を奪うことに変わりはない。

わたしは自分の作品を書くにあたって、30年戦争（1618～1648年）の時代を背景にすることに決めた。この点に関しては、物書きであって歴史家ではないわたしに、辛抱づよくつきあってくれた、『30年戦争：ヨーロッパの悲劇』の著者であるピーター・H・ウィルソンに深く感謝する。

彼と話をしたおかげで、わたしはこの、おろそかに看過されているヨーロッパ史の一時期こそ、『火打箱』の時代背景にふさわしいと確信した。これは、ヨーロッパの諸国がそれぞれの思惑で参戦し、ドイツを破壊して国境を削りとり、第１次大戦と第２次大戦を誘因する種子を蒔いた戦争だったのだ。

愛と喪失という葛藤を検証するには、フェアリー・テールという物語の形態が捨てがたい。わたしなりに再構築した『火打箱』を、深甚なる敬意をもって、フェアリー・テールの巨匠、ハンス・クリスチャン・アンデルセンに捧げたい。

サリー・ガードナー

謝　　辞

残念なことに、子ども時代を卒業した若い読者は、挿絵のない本を読むことになる。そこでわたしは、本書にどうしても挿絵をつけたいと思った。

挿絵を描いてくれたデイヴィッド・ロバーツに、心から感謝する。

デイヴィッドといっしょに、惜しみなく構成に力を貸してくれたスー・ミヒニウィッツと、カヴァーのデザインを手伝ってくれたローラ・ブレットに感謝。

落ちこんでいるときに笑わせてくれた、担当編集者のジャッキー・ベイトマン、ありがとう。

常にサポートしてくれた、オリオン社のフィオナ・ケネディ、ありがとう。

2013年８月ロンドンにて

サリー・ガードナー

TINDER
by Sally Gardner, illustrations by David Roberts

This book is published in Japan by TOKYO SOGENSHA Co., Ltd.
Japanesse translation rights arranged with Orion Children's Books Ltd.,
a division of The Orion Publishing Group Ltd., London
through Tuttle-Mori Agency, Inc., Tokyo

火打箱

著者
サリー・ガードナー

装画・本文挿絵
デイヴィッド・ロバーツ

訳者
山田順子

2015年11月27日 初版

発行者 長谷川晋一
発行所 (株)東京創元社
〒162-0814 東京都新宿区新小川町1-5
電話 03-3268-8231(代)
振替 00160-9-1565
URL http://www.tsogen.co.jp

装幀 東京創元社装幀室
印刷 フォレスト
製本 加藤製本

乱丁・落丁本は、ご面倒ですが小社までご送付ください。
送料小社負担にてお取替えいたします。

ISBN978-4-488-01052-2 C0097